ALPHAPOLIS
WEB CITY SINCE 2000

ヤンキーは異世界で精霊に愛されます。1

ALPHA LIGHT

黒井へいほ
Heiho Kuroi

アルファライト文庫

グレイス（グス公）
オルフェン王国の第二王女。「あわあわ」するのが癖《くせ》。
真内零《まないぜろ》
目つきを怖がられるヤンキー。異世界に転生し、精霊に慕《した》われまくる。
精霊達（チビ共）
岩やマッチのような被《かぶ》り物をした精霊。零のことが大好き。

Hoodlums loved by the sprits.
CHARACTER
主な登場人物
エルジー
カーラトの町で暮らす鍛冶《かじ》職人。
アマリス（アマ公）
オルフェン王国の姫騎士で、グレイスの姉。後先考えない性格。
リルリ
グレイス付きのメイド。主人には従順だが、裏の顔も持つ。

第一話　やべぇ、死んだわこれ

「お、おい。あれ真内零《まないぜろ》だぜ」

「ヤクザも避《さ》けて通るって噂のあれか。やべーな、目が超怖《こえ》ぇ」

「ちげーよ。バックにヤクザがいるんだってよ」

ちっ。聞こえてんだよくそが。

俺はただ道路を歩いているだけだ。学校から帰るだけでもこれか。取り巻きみたいなのが後ろに何人かいるが、それだけだ。

ムカつきながらも、俺はこそこそと会話してる男共の横を通り過ぎようとした。後ろにいる奴らも、こいつらを相手にせず、俺に続くと思っていたんだがな……。

そうはいかなかった。俺の取り巻き共は、ぼそぼそと噂話をしていた奴らに絡《から》みやがった。

「おい！　てめぇら何こっち見てんだ⁉　あぁ⁉」

どうにも我慢《がまん》ならなかったみてぇだ。

ったく、いちいちどうでもいい奴に絡むんじゃねぇよ。明らかにビビッてるじゃねぇか。

「ひぃっ！　すみません！　すみません！」

「零さんに用があるんなら、直接こっちに来て言えや‼」

「ないです！　すみません！」

俺はただ家に帰りたいだけだ。

なのに、しょべぇ奴らに絡みやがって……。

「いいからこっち来いや！」

「ひぃいいいいい」

「やめろ」

俺は取り巻きの右肩を掴《つか》んで止めた。

「で、でも零さん、こいつらが……」

「俺はやめろって言ってんだよ」

俺がギロリと見ると、取り巻きは顔を引きつらせて真《ま》っ青《さお》になりやがった。

「はい！　お前ら運が良かったな。さっさと消えろ！」

「あ、ありがとうございます！」

あいつら、慌てて走って逃げて行きやがる。

ちらちらと後ろを振り返りながら、怯《おび》えた目で俺を見てんじゃねぇよ。俺は何もしてねぇだろ。

どいつもこいつも、俺にビビッてデタラメな話をする奴らばっかりだ。

今、俺について来てるこいつらも勝手に付きまとって、俺の名前を出す。つまり俺を利用したいだけなんだろう。

家に帰れば、家族は俺を化け物でも見るかのような目で見やがる。ちょっと目が怖いくらいでビビりやがって。

「いやー、それにしても零さんはすごいっすね！　こないだもどっかの馬鹿を、前蹴《まえげ》り一発ノックアウトっしょ！　まじリスペクトっすわ！　ヤクザだって道を譲《ゆず》りますからね！最強の高校生っすよ！」

「ちっ。あいつが弱かっただけだ」

「ははっ。トレードマークの茶髪のざんばら髪が今日も決まってますよ！　ナチュラルヘアってやつっすかね」

こいつは、地毛を手入れしてねぇだけだと何度言っても聞きゃしねぇな。

それにしても、外を歩けば俺が気に入らねぇとケチつけて来る奴だらけだ。喧嘩《けんか》売られて悪名《あくみょう》ばっかり広がりやがる。俺を理解して愛してくれる奴なんて誰もいねぇ。

この取り巻き共は、ベラベラとどうでもいいことしか話さない。俺は、さっさと家に帰りてぇんだよ。

「そうだ！　零さん公園で一服してきません？　飲み物買ってきますよ！」

「俺は家に帰りてぇんだけどな……」

「ちょっとだけ！　ちょっとだけお願いしますよ！」

「ちっ。ちょっとだけだぞ」

断《ことわ》りきれない俺にも問題があるのか、これは。あー、うざってぇ。

俺の返事に、周りの奴らは「さすが零さん」だの「男気が」だの、勝手なことばっか言って盛《も》り上がってやがる。ハイタッチしたり、大声をあげたり……何がそんなに楽しいんだ。てめぇらちょっと俺が公園に付き合うくらいで、騒いで喜ぶんじゃねぇよ。ちっ。面倒くせぇな。

道路を挟《はさ》んで向かい側にある公園に、仕方なく足を向ける。

「あれ？　零さん、見てくださいよ。公園からボールとガキが……」

「あぁ？　それがどうし……」

音が聞こえた。これはトラックの走ってくる音だ。

ガキは気づかずに、公園から道路へ飛び出す。俺の方へと向かってくるボール目指して、真《ま》っ直《す》ぐに走って来る。

やべぇ！

「おいガキ止まれ！」

「え？」

しまった——そう思ったが、遅かった。

俺と目が合ったガキは、道路の真ん中で止まりやがった。

くそがっ！　まだ間に合うかもしれねぇ！

「くそがあああああ！」

咄嗟《とっさ》に地面を蹴った俺の手はギリギリで届き、なんとかガキを突き飛ばす。

後は、俺もこのまま避ければ大丈夫だ。

だが……そんな時間はなかった。トラックは、もう真横にいやがる。

やべぇ、死んだわこれ。

そう思った、次の瞬間だ。

ドンッ！　と強い衝撃が、俺の全身に走った。

トラックに吹っ飛ばされ、地面に落ちるまでの短い時間のはずなのに、世界がスローモーションに見えやがる。

これがあれか、走馬灯《そうまとう》ってやつか。

俺を見てビビッてる奴と、泣いてる奴しか見えねぇぞ。

これで終わりか。ビビられ泣かれて、嫌われて終わるのか……。

そこで俺の意識は落ちた。

◆◇◆◇◆◇

「くそが……」

あん？　手が動く？　痛みもねぇ。体も問題ねぇ。

俺は体を起こし、周囲を見回した。

見渡す限りの大量の本に、漂《ただよ》う埃臭《ほこりくさ》さ。

なんだこりゃ。トラックに吹っ飛ばされたと思ったら、図書館にいるじゃねぇか。

……いや、普通の図書館じゃねぇな。どこまで続いてるのかも分からねぇし、異常なくらい本がありやがる。

バサバサッ。

本の崩れる音に、俺は慌てて振り向いた。

「ごほっ、ごほっ。うえー、やっぱり掃除係を雇《やと》ったほうがいいかな。……おや？　お客さんかな？」

ほっそい体をした、眼鏡で黒髪の兄ちゃんがいた。

司書ってやつか？　青白い顔や雰囲気が、まんまそれだ。

じっと見ていると、当然のように目が合う。だが、すぐに逸《そ》らされた。……いつものことだ。

「え、えーっと……」

兄ちゃんは俺にビビッてやがるが、そんなことはどうでもいい。俺は自分の知りたいことを聞くことにした。

「おい、ここはどこだ」

「はい！　記憶や記録の集まるところです！」

何言ってやがるこいつは。記憶？　記録？　図書館じゃねぇのか。

「意味が分からねぇ。俺はなんでここにいる」

「え？　なんでって……。ちょ、ちょっと調べさせてもらってもいいかな。いえ、いいですかね？」

「ちっ。好きにしろ」

何やら本を開いたり閉じたり、取ってきたり戻したり。

なんだこいつ。俺のことが本の中に書いてあるわけねぇだろ。

それともこんな頼りねぇ感じだが、実は医者かなんかなのか？

「あー。はい！　ありました！　真内零。高校二年生。子供を助けようとし、トラックに轢《ひ》かれ死亡。合ってます……かね？」

いちいち俺の顔色を窺《うかが》ってんじゃねぇよ。イラつく『もやしメガネ』だ。

「合ってるけど、合ってねぇ。俺は生きてんだろ。それとガキは無事だったのか」

「は、はい。子供は擦《す》りむいたくらいで無事でした！　後、その……あなたは間違いなく死亡しています」

「だから生きてんだろ」

なんなんだこいつは。頭おかしいんじゃねぇのか？　話が通じる気がしなくなってきたぞ。

「えっと、ここは生きている人間は来られないんです。ですから、あなたは本当に死亡しています」

「生きてる人間は来れねぇ？　死亡してる？　つまり死後の世界ってやつか」

「は、はい。そんな感じです」

ちっ。死後の世界とか本当にあったのか。どうせ死んだら、みんな消えるだけだと思ってたんだがな。

……死んだ、か。そうか、俺は死んだのか。改めて言われても、あまりショックはねぇ。どうせ嫌われ者だったしな。ガキが無事だったんなら、これで終わりでも上等か。

「分かった。もういい。あんまり信じられないが、俺は死んだ。で、俺はこの後どうしたらいい」

「理解が早いですね。認められない人のほうがすごく多いんですけどね」

「どうせ生きてたって、ろくでもなかったからな。ガキを助けて死んだなら……まぁ悪くねぇよ」

「そ、そんなことはありません！　あなたが死んで、悲しむ人だっています！」

いねぇよ。

だが、口には出せなかった。それはすごく悲しい言葉で、言ったら事実だと認めることになる気がしたからだ。知ってたつもりでも、自分では言えねぇもんだな。

「ちっ。それはいいからよ。俺はこの後どうしたらいいかって聞いてんだ」

「良くありません！　これを見てください！」

もやしメガネは、懐《ふところ》から丸っこいものを取り出して俺に突き出した。

あんだ？　水晶か？　占い師とかが使うあれだよな。

「よく見てください」

「お、おう」

さっきまでは俺にビビってたくせに、凛《りん》とした態度で俺に話し始めやがった。『もやしメガネ』から『メガネ』に昇格させてやるか。

覗《のぞ》き込むと、水晶の中に何かが浮かび上がってくる。

ん？　なんだこりゃ。水晶に映っているのは……俺の葬式？　なんであいつら泣いてやがんだ。

「見えますね。あなたが死んで、悲しんでいる人たちの姿が」

俺は、何も言えなかった。

俺を利用してると思ってた取り巻きの数人。いつも俺にビビッてた妹。学校の何人か。

「零さん！　零さんなんで死んじゃったんすか！　無敵だったじゃないすか！」

「おにいちゃん！　おにいちゃああああああん！」

あんだよ。俺が嫌いだったんじゃねぇのかよ。

あいつら、何勝手なこと言ってんだよ。

荷物を持ってくれた？　自分から手を出すような人じゃなかった？　目が怖い？　うるせぇ！

あんだよ、これ……。

「あなたは怖がられていたかもしれません。でも、嫌われてはいなかったんです」

「そんなこと、今さら知ってどうすんだよ。もう俺は死んじまったじゃねぇか。それに両親は、肩の荷が下《お》りたような顔をしてるぞ」

「ええ、そういう人もいるでしょう。でも、それだけじゃないということを知って欲しかったんです」

「……おう」

くそっ。目にゴミが入りやがった。視界が歪《ゆが》んできやがる。

……俺が気づいてなかっただけなのかよ。

でも、もう死んじまった。今の俺には、どうもできねぇ。

　このメガネになら、なんとかできるんだろうか。なんとなくそんなことを思ってしまい、俺は聞いてみることにした。

「なぁ」

「はい」

「何か、なんでもいいんだ。あいつらに、何か伝える方法はないのか」

「すみません……」

　メガネは申し訳なさそうに頭を下げた。

「そうか。無理言ったな、悪かった」

　まぁ、そりゃそんな都合のいいことはねぇよな。

　でも、少しだけ救われた気がしやがる。水晶の映像が本当かも分からないのに、俺も単純なもんだ。

「ありがとよ。もういい」

「分かりました。すみません、見せることしかできなくて。でも、知って欲しかったんです」

「おう、十分だ。ありがとよ」

　俺はメガネと目を合わせないようにして、涙を拭《ぬぐ》った。ばれてねぇよな？

　深呼吸をして自分を落ち着かせる。後はメガネに聞くべきことを聞こう。

「で、俺はこの後どうなるんだ」

「はい。そのことで一つ提案があります」

提案？　提案って、天国か地獄に行くだけじゃねぇのか？　まぁ今はいい気分だからな、どっちでも構わねぇや。

「あなたには転生をしていただこうと思います」

「転生？」

転生ってなんだ？　生き返るってことか？

「残念ながら、元の世界に戻すことはできません。ですが、異世界にあなたを転生させることができます」

「そうか、よく分かんねぇ。どういうことだ？」

「えっと……第二の生を歩むということです」

「第二の生？　もしかして、みんな死んだら別の場所で生き返るのか？」

メガネはクスクス言いながら首を振ってやがる。何笑ってんだこいつ。

「本当は厳密《げんみつ》な審査《しんさ》があるんですがね。あなたに関しては、僕の権限で転生を許可します」

権限とか、メガネがなに偉《えら》そうなこと言ってんだ。

それとも偉いメガネだったのか？

いや、このなよっちぃ面《つら》は下《した》っ端《ぱ》だ。間違いねぇ。

「さて、それでは転生させますね」

「おい、俺の返事とかそういうのは……」

「聞いてません！　転生してもらいます！」

「提案じゃなくて強制じゃねぇか！」

俺の話を無視して、書類？　ファイル？　を開いて、なんかダイスみてぇなもんを振ってやがる。

まぁ、あとで説明くらいはしてくれんだろ。

それに、第二の生か。そういうのも悪くないかもしれねぇ。……今度はもうちょっとうまくやる努力をしねぇとな。

「はい！　決まりました！」

「おう。どこに行くことになったんだ。アメリカか？　フランスか？　それとも東京から北海道になるとかか？」

行ったことねぇ場所でも、それはそれで楽しめるだろ。旅に出る気分で、少しわくわくするな。

「いいえ、魔法と精霊の関係が密な異世界です」

「は？」

「転生者には一つスキルを渡すことになっています。愛されたかったあなたにあげるスキルは、これです！『精霊に愛されし者』！」

「いや、だから待てって」

「では、いってらっしゃい‼」

「待てって言ってんだろ‼」

全身に走る悪寒《おかん》。地面に体が引っ張られていく。いや、これは引っ張られてるんじゃねぇ！

穴？　穴かこれ⁉　足元に穴⁉

落ちる、落ちる、落ちる！

「説明なさすぎだろおおおおおお！　お前は何者《なにもん》だったんだああああああああ！」

力を振《しぼ》り絞り、落下しながら質問を投げかけるが――

うおおおおおお！　まじで落ちてるぞこれ！　こんなに落ちたら、結局死ぬじゃねぇか！

「すみません。自己紹介もしていませんでしたね。一応自分は、死後の世界の最高責任者。あなたに分かりやすく言うと、神様ですかね。では頑張《がんば》ってください！」

は？　神様？　お前は下《した》っ端《ぱ》メガネじゃねぇのか？

そんなことを考えながら、俺の意識は体と一緒に闇へ落ちていった。

第二話　なんだこいつら、可愛《かわい》すぎだろ

——なんだ、俺は寝てんのか？

体が動かねぇ。何かが体の上を動いてやがる……。虫？　虫か⁉

「あぁ⁉　んだこら‼」

「‼」

俺は、気合を入れて体を起こした。

あぁ？　何か走って隠れたぞ。虫か？　まだ体についてんのか？

体をあちこち確認してみるが……いや、もう何もついてねぇ。

てか、どこだここは。

辺りを見渡して目に入るのは、木と草ばっかり。

森？　草むら？　あんで俺はこんなとこに寝てんだ。

……やべぇ、夢遊病《むゆうびょう》ってやつか？

確か俺は、学校から帰るとこで……。そういや、公園からガキが出てきて、トラックに……？　俺は死んだ？　神だの転生だの聞こえたような？

「体も痛くねぇ。つまりここが、異世界ってとこか？」

　ところで異世界ってなんだ？　メガネはなんて言ってやがったっけ。

「えーっと、海外がなんとかって……違《ちげ》ぇ、それは俺が言ったんだ」

　分かんねぇ。異世界ってなんだ？

　そうだ、いきなり穴に落とされたんだ。

　あのメガネ、説明くらいしろや！　大体、神ってなんだ！　本当にそんなのいたのかよ。

「ちっ。これからどうすりゃいいんだ」

　周りは森しかねーしなぁ。とりあえず森を出て……うぉっ！　背筋がぞくっとした。虫か⁉

「くっそ、まだ残ってやがったのか！　どこだ⁉　背中？　違《ちげ》ぇ！　……首元か！　捕まえたぞ、おら‼」

　首の後ろ側《がわ》に右手を回し、鷲掴《わしづか》みにしてやった。

　……あんだこりゃ。虫？　違《ちげ》ぇな、なんだこれ。石？　なんか白いもんが生《は》えてるな。

　とりあえず引っ繰《く》り返してみっか。くるっとな。

「は？」

　はあああああ⁉　なんだこれ！　なんだこれ！

　石を被《かぶ》ってるガキ⁉　……違《ちげ》ぇ！　手のひらサイズのガキはいねぇ！　小人⁉

「は？　なんだてめぇ！　あんで俺にくっついてたんだ！」

顔を手で隠してふるふるしてやがる。なんだこいつは。

「おい、聞いてんのか？　話せるか？」

うぉ、今度は首をすげぇ勢いで横に振りやがった。どうやら、話せないみてぇだな。

「あー。俺の言ってることは分かるか？」

何度も頷《うなず》いている。分かるってことか。

それにしても、こいつなんでこんなに震えてんだ？

……そうか、そりゃそうだ。俺の目ぇ見てビビッてんだ。忘れてた。

そうだよ。これからは、もうちょっと頑張って周りの奴と仲良くなるって決めたんだったな。

目を隠して話してみるか。悪いことしちまったな。

とりあえずこいつを膝《ひざ》の上に置いて、両手で目を隠してっと。

「おい。これで怖くねぇか？」

……いや、だめだろこれ。こいつ話せねぇのに、俺が目を隠しちまったら何も見えないじゃねぇか。

くそっ。これがあれか、異文化交流ってやつか。噂通り、難しいもんだな。

とりあえず指の隙間《すきま》から覗《のぞ》いてみっか。直接見るよりはいいだろ。そーっとな。

「……は？」
ちょっと待て、なんだこれ。
もう一回見るぞ。そーっと……。
「はあああああ!? なんでお前増えてんだよ！　十体くらいいるんじゃねぇか？
すげぇたくさんいるじゃねぇか！」
はっ、もしかして俺の体に最初くっついてたのはこいつらか？
よく見りゃ、俺の真似《まね》して手で目を隠してる。
なんだこいつら、可愛すぎだろ。やべぇな、かなりやべぇ。くっそ可愛いぞ。
よく見ると、石だけじゃなくて木や花とか水滴みたいなのを頭に被《かぶ》ってる奴もいるな。
すげぇ可愛いじゃねぇか。
でも、まだ震えてんな。……もしかして俺が怒鳴ったからか？
よし、優しく話してみっか。とりあえず、自分なりに笑顔を作って……。
「おう。……おう」
優しくってどうやってやんだ。分かんねぇ。
笑顔作ろうとしたら、頬がひくひくしやがる。だめだな。
まぁ、優しく話してるつもりで頑張ればいいな。よし、そうするか。
「俺はあれだ、零っつーもんだ。お前らはなんだ？　俺になんか用事でもあんのか？」

うぉ、両手広げてぴょんぴょん飛び跳《は》ねてやがる。

とりあえず頭でも撫《な》でてみるか？　確か、頭ぁ撫《な》でたらどんな女でもイチコロだとか、俺の周りにいた奴らが言ってやがったよな。

そもそも、こいつら女なのか？　……まぁいいか。

「おう、悪《わり》ぃな。何言ってるか分かんねぇわ」

とりあえず撫《な》でてっと。

あん？　なんでこいつら急に近づいてきてんだ。

そうか、異文化交流ってやつも頭を撫《な》でればうまくいくのか。あの馬鹿どもの話もたまには使えるじゃねぇか。それにしても首傾《かし》げてる様子が可愛すぎるだろ。

てか、俺のこと怖くねぇのか？　聞いてみるか。

「あー。お前ら、俺のこと怖くねぇのか？　目、怖ぇだろ？　よく言われるからよ。無理して近づかなくてもいいぞ」

すげぇ勢いで全員首を横に振ってやがる。俺のこと怖くねぇのか。……やべぇ、なんか泣きそうだ。

「そうか、ありがとな。頭撫《な》でてやるよ」

俺、一生この森にいてもいいわ。

神様も粋《いき》な計《はか》らいをしやがる。あのメガネが神様ってのは信じねぇけどな。

ん？　なんか石の被《かぶ》り物した奴の様子が変だな。ふるふるしながら、指をこっちに突き出してやがる。

あー、これあれか。ガキの頃になんかの映画で見たな。友達だっけか？　くそっ、嬉しいじゃねぇか。

「ははっ、おらよ。これでいいか」

ん？　なんだ？　他の奴らも俺に指を突き出してやがる。

けっ、いいぜ。こうなったら全員やってやるよ。ついでに頭も撫《な》でてやらぁ！

「おし！　いいぞ、全員やってやる！　手は二本あるからな、二列に並べ！」

おぉ、とてとてと歩いてきちんと並びやがった。

あんだ、保育士ってやつはこんな気持ちなのか？　俺、今回の人生は保育士になるのも悪くねぇわ。

とりあえず片《かた》っ端《ぱし》から頭を撫《な》でて、指を合わせりゃいいな。たかだか十体くらい……。

「あん？　なんか、お前ら増えてねぇか。いや、増えてるよな!?　倍くらいになってねぇか？　分裂したのか!?　あー、まぁいい。構わねぇ！　男に二言はねぇ！　全員かかってこい！　ただし列は乱すんじゃねぇぞ」

倍になったくらいでガタガタ言う俺じゃね……。

いや待て。増えてる。

「お前らどんどん増えてねぇか⁉　どんだけいるんだよ！　くそっ上等だ！　やってやらぁ！」

……ちっ。結構時間かかったな。しっかり数えてみたら、五十三体もいたぞ。

「うっし！　これで終わりだ。ちょっと聞きてぇことがあるから、分かることがあったら教えてくれっか」

おぉ、にこにこしながら首が取れそうな勢いで頷いてやがる。本当に可愛いな。

俺をぐるりと囲むちっこい奴らを見渡して、質問する。

「そうだな。まず、お前らはなんだ？　小人か？」

……どうやら違《ちげ》ぇみてぇだ。一斉に首を横に振った。

「えーっと。人間か？」

首、横に振ってるな。そりゃまぁ違《ちげ》ぇよな。明らかに小せぇし。

「じゃぁ、どっか町とかある場所、知ってっか？」

おぉ、全員揃《そろ》って同じ方向を指差したぞ。しかもちょっと誇《ほこ》らしげな顔してやがる。頭でも撫《な》でてやるか。なでなで。

「とりあえず、もう夕暮れになってっからなぁ。町は近《ちけ》ぇか？」

ふむ。どうやら近くねぇみてぇだな。

「しょうがねぇな。どっか寝れるとこあるか？　あとは飯とか食える場所があれば、教えて欲しいんだけどよ」

なんか少し困ってんな。段々こいつらの考えてることも分かってきた。

ん？　こっちに来いってか。いいぜ、俺はお前らを信じたからな。この先が崖《がけ》でも怒らねぇぜ。

俺は立ち上がって、手招きされた方向に歩き出した。

なんか、周りをぴょんぴょん飛び跳ねてる奴らと一緒に進むって楽しいな。和《なご》むわ。

何体かは俺の頭や肩に乗ってやがるが、別に嫌な感じはしねぇ。

とりあえず気になることは、肩に乗っかってる奴に聞いてみっか。

「これ、どこに向かってんだ？　なんかいい場所知ってんのか？」

首を縦《たて》に振ってるってことは、知ってるみてぇだな。

そういや、こいつらって何食うんだ？　やっぱ俺がその辺で鳥とか捕まえないといけねぇのか？　でも、ナイフも何もねぇんだよなぁ。

少し歩くと、森の中でもやや開けた場所に着いた。洞窟《どうくつ》もある。

「ここ、お前らの家か？」

首を横に振ってんな、家じゃねぇのか。ってことは、俺のために案内してくれたのか。

「悪《わり》ぃな。これなら雨が降っても大丈夫だわ、ありがとな」

おぉ、全員ピョンピョン両手上げて跳ねてやがる。くっそ可愛い。写真にでも撮《と》りてぇな。俺、カメラマンになりてぇって今初めて思ったわ。

ん？　なんかいい匂いがすんな。

洞窟の入口に近づいてみると、火にかけられた丸いもんが見えた。

ありゃ鍋《なべ》か？　もしかして飯か？

確認するため、洞窟に向かって進む。近寄ってみると、やっぱ鍋だった。野菜（？）みてぇなもんがごろごろ入ってて、すんげぇうまそうだ。

「お前ら、飯作ってたのか。ん？　皿？　俺も食っていいのか？　そうか、ならなんか手伝わないといけねぇな。鍋は俺が混ぜてやんよ」

俺が鍋をかき混ぜだすと、チビ共は嬉しそうにした。

何体かはうまいこと石に乗って、そっから鍋に色々山菜みたいなのを入れてる。器用なもんだ。あー、いい匂いがすんな。腹が減ってきやがった。

すると完成したのか、水滴の被《かぶ》り物をしたチビが喜びながら俺に器とスプーン（？）みたいなもんを差し出してきた。

じゃぁ食わせてもらうか……ってあれ？　器持ってるのは俺一人じゃねぇか。

「おい、お前らの器も持ってこい」

俺の言葉に反応して、慌てて全員器を持ってきやがった。どっから出したんだが分からんが、まぁいい。やっぱり飯はみんなで食わねぇとな。

うっし、全員に行きわたったか。

「じゃぁ、いただきますっと」

スプーンで軽くすくって口に運ぶ。

……なんだこれ、くっそうめぇ。

「なんだこれ！　くっそうめぇな！」

思ったことが口から出るってのは、こういうことか。チビ共も大はしゃぎだ。


とりあえずその日はみんなで飯食って、チビ共が用意してくれた寝床で横になった。

明日は町に向かってみるしかねぇかなぁ。

そんで……やべぇ、考えられねぇわ。すげぇ眠《ねみ》ぃ。

そうやって意識が落ちる中、俺は一つのことを考えていた。

……あれ？　こいつらってどうなるんだ？　町に連れてけるのか？

答えは出ねぇまま、俺は幸せな気持ちで眠りに落ちた。

第三話　てめぇら調子くれてんじゃねぇぞ！

——おぉ、今日もいい天気だな。

洞窟から顔を出し、空を見上げると、眩《まぶ》しいお日様が見えた。

あれから五日経《た》って、森での生活にも慣れてきた。今日は兎《うさぎ》でも捕まえて、晩飯を豪勢にしてやるか。いや、魚を釣《つ》るのも悪くねぇなぁ。

チビ共が色々教えてくれっから、食料調達もどうにかできるようになってきたぜ。

さて、今日も頑張るとすっかな！

出かける準備をしようと振り返ると、足元でチビ共が何かしてるのが目に入った。

「ん？　あんだチビ共。おぉ、絵を描いたのか。うめぇじゃねぇか。三角に四角か、家みてぇだな」

絵を見ながら、俺はそれを描いた花の被《かぶ》り物をしたチビを撫《な》でてやった。

頬っぺたはぷにぷにしてるし、撫《な》でると喜ぶしで、たまんねぇな。

「新しい家が欲しいのか？　なら、造《つく》り方教えてくれたら俺がやるからよぉ。いい場所が他にあるか？　それともここに……違うのか？」

首を横に振ってやがんな。何が言いてぇんだ？

他のチビ共も一緒になって、たくさん家みてぇのを描きだした。

家、たくさんの家。……たくさんの家？

「あ」

そうか、町だ。俺は町に行くって、こいつらに言ってたんだったな。

「いやでも、もういいんじゃねぇか？　俺はここで一生過ごすわ」

そして零は森の中でチビ共と幸せに暮らしましたとさ。完。

――で、いいと思ったんだがなぁ。

どうやら、チビ共はそれじゃ駄目らしい。

もしかしたら外の世界が見たいのかもしれねぇな。俺の服を引っ張って、必死に町へ連れて行こうとしてやがる。

まぁ、こいつらが言うなら仕方ねぇか。

「おし、分かった。じゃぁ町に行ってみるかぁ」

俺とチビ共は身支度《みじたく》を整え、森を出ることにした。

くそっ。五日間だけだったのに、天国みてぇな場所だったな。ここから離れると思うと、少し泣けてくるぜ。

俺はチビ共に案内されながら森の中を進んだ。なるべく歩きやすい道を選んでくれてるらしくて、さくさく進む。こいつら本当に気が利《き》きやがるな。

「なんだかよぉ、ピクニックみてぇだよな！　こういうのも悪くねぇ」

俺の言葉に、チビ共は大喜びで飛び跳ねてやがる。

そうか、そうだよな。よく考えたら、町ってのもこいつらの町かもしれねぇ。ってことは、だ。そこに行けば、こいつらの仲間がたくさんいんのか！　いいじゃねぇか！

俺はこのとき、こんな勝手な想像をしていた。そんなわけねぇのになぁ……。

少し進むと、森を抜けた。目の前には草原（？）がすげぇ広がってる。

その草原の中には、長《なげ》ぇ道が通っていた。

「あんだこれ、石で舗装《ほそう》してあんのか？　街道ってやつか」

チビ共は俺のことを考えて、石畳《いしだた》み（？）の道のほうが、森よりも楽だと思ったのかもしれねぇ。これまでも歩きやすい道を選んでくれてたからな。

だが、俺としては森の中のほうが歩きやすかった。何より、この道の固《かて》ぇ感触がアスファルトを思い出させやがる。

つい、振り返って森を見ちまう。まぁ、でも新しいチビ共に会うためだからなぁ。

っと、そこで俺を囲ってたチビ共の動きが変わった。

道の先を見てるみてぇだな。何か変わったもんでもあるのか？

ありゃ……人、か？　赤い髪をふり乱した女が、必死な様子で走っている。

おい、段々近づいて来てねぇか。いや、間違いなくこっちに向かってきてやがる。

ちっ。ここはフレンドリーに接してみるか。この五日で、俺がこいつらとの異文化交流で学んだ技術を見せてやんよ！

あっという間に目の前にきた女。赤い目に、赤い髪……なんだ、セミロングっつーのか？身長は少し低めだな。シャツにミニスカート、さらにマントを羽織ってて、俺よりちょっと年下に見える。

うっし、笑顔でしっかり挨拶《あいさつ》してやるか。

「おう！　ちょっと止まれや。こんなとこで何してんだ、てめぇ」

「に、逃げてくださ……ひいいいいいいいい！　ごめんなさいごめんなさい！　私、悪い者じゃないんです！　どうか見逃してください！」

俺の顔を見るなり、女はすげぇ勢いで何度も頭を下げた。

あれ？　なんかめっちゃビビられてねぇか。親しみやすく話しかけたつもりなんだが……。

「ちっ。待て待て、俺はてめぇに危害を加える気はねぇ。ただ話しかけただけだ、安心しろ」

「すみませんすみません。お金なら持ってるだけ渡しますから！」

だめだ、話にならねぇ。参ったな。

溜息をつきながら顔を上げ、前を見たんだが……。

ん？　なんだありゃ？　緑色の変なのが二つ、こっちに向かってきてんな。

「おい、なんだあれ」

「ごめんなさいごめんなさ……はっ。追いつかれた！　逃げてください！　私はあれに追われてたんです！」

俺が聞くと、女は思い出したかのように緑色の奴の方を振り返り、突然慌てだした。

「なんだ、悪い奴なのか」

「なんで落ち着いてるんですか⁉　早く逃げましょう！」

いや、逃げるのはいいんだけどよ。俺と目を合わせないようにしてる奴に言われるのもなぁ。

あ、なんか少し悲しくなってきたわ。日本にいた頃はみんなこうだったんだが、こっちに来て忘れかけてたぜ。やっぱり森にいれば良かったなぁ。

「何してるんですか！　逃げないと！　あ、だめです。もう目の前にいる」

お、おぉ？　騒ぐだけ騒いで、へたりこみやがった。

で、なんなんだよ、この緑の奴はよぉ。石斧（？）みたいの持って、こっちをニヤニヤ見てやがる。

まぁフレンドリーにだ、フレンドリーに。

「おう！　おめぇら何か用か？　こいつビビッてるからよぉ、ちょっと待ってくれねぇか」

「グルルルル」

こいつら、俺のことをちっとも見てねぇ。別にいいけどよ。

人と話すときは目を合わせろって教わらなかったのかよ、このダボ共が。

「に、逃げてください。こいつらは私が足止めします！」

這《は》いつくばっていた女が、足をガクガクさせながら立ち上がる。

おいおい、そんな震えてんのに俺の前に出てどうすんだ。

手に持ってる木の棒みてぇな……杖ってやつか？　そんな弱そうな鈍器《どんき》じゃ、こいつらに勝てねぇだろ。向こうは斧だぞ。

それに、人間話せば分かるってもんだ。身振り手振りでも十分。俺はそれをチビ共から教わったからな。人間、日々成長ってやつだろ。

「まぁ落ち着けって。まずは話をしてからでもいいだろ」

「モンスター相手になんで落ち着いて話そうとしてるんですか⁉　逃げてくださいって！」

モンスター？　モンスターってなんだ。ゲームとかにいるあれか？

確かにこの緑の奴は、それっぽいが。

「グガアアアアア！」

いきなり緑の奴の片方が、斧を振りかざして俺に向かって……。

「あぁ？」

止まった。

俺と目が合った瞬間に。

やっぱりこれはあれか、誠意ってやつが伝わったに違《ちげ》ぇねぇな。

……そんなわけねぇよな。この反応は、俺に喧嘩《けんか》売ってきてたチンピラ共と一緒だ。

チンピラ共は自分からガン飛ばしてくるくせに、俺と目が合うと一瞬止まるんだ。じっと睨《にら》んでるから動きが止まるのか、俺の目にビビッてんのかは知らねぇ。

そのチンピラ共と同じってことは……こいつら、俺に喧嘩《けんか》売ってんのか？

……だったら買うしかねぇ。

少なくとも睨みつけてきてる目が反抗的ってことは、間違いねぇよなぁ‼

「てめぇら調子くれてんじゃねぇぞ‼」

俺は緑の奴の片方に勢いよく突っ込んで、前蹴りをぶち込んでやった。

おぉ、ボールみたいに吹っ飛びやがった。

「ギ⁉」

残った緑の奴は、目ん玉むいて飛んでいった仲間を見てやがる。

「よそ見してんじゃねぇぞ、こらぁ!!」

喧嘩《けんか》の最中にやられた奴の心配とか、舐《な》めてんじゃねぇぞ！

俺はもう一体の緑色の斧を左手で掴《つか》んで、思いっきり……右ストレートだおらぁ!!

「おらあああああああああ！」

「グギイイイイイ!?」

右ストレートは、気持ちいいくれぇに綺麗《きれい》に決まった。

うっし。両方ぶっ倒れてピクピクしてやがる。

さてっと。

「え？　え？」

赤髪はぽかーんと眺めている。喧嘩《けんか》慣れしてねぇ奴は、大体こんな反応だ。

俺はぶっ倒れた緑二体に近づくことにした。

「ち、近づいたら危険です！　まだ動けるかもしれません。逃げるなら今のうちです！」

これだからトーシロは……。

俺は赤髪の言葉を無視して緑の奴らに近づいた。

そして、そいつらに……蹴り！　蹴り！　蹴り！　蹴り！　蹴り！

「おらおらおらおらおらおら!!　寝たふりしてんじゃねぇぞこら!!　やんのかおらぁ!!」

「ガフッ、ゲフッ」

るが、そんなことはどうでもいい。

「ひぃいいいいいいいいい‼」

緑共を交互に蹴っていると、うめき声が聞こえやがる。赤髪の悲鳴も交じってる気がするが、そんなことはどうでもいい。

やられたフリをするなんて、喧嘩《けんか》の常套《じょうとう》手段だからな。

「きっちり地獄に送ってやらあああああああ‼」

「待って待って待ってください‼　本当お願いします待ってください‼　だって泡噴《あわふ》いてますよ⁉　もういいですって！　本当ごめんなさい！　あ、もう無理……」

ちっ。うざってぇな。

俺は仕方なく、なぜか謝ってる赤髪に従って蹴りをやめてやった。まぁこれだけやっておけば、すぐには立てねぇだろ。

振り返ると赤髪は気絶してやがる。ちっ。これだから慣れてねぇ奴は面倒くせぇ。

……そういや、チビ共は大丈夫か？

俺が周りを見渡すと、チビ共は楽しそうに泡噴いて伸びてる緑の上で飛び跳ねていた。

ははっ、分かってんじゃねぇか。やっぱりこいつらは最高だな。

このまま放置もできねぇから、俺は赤髪を抱《かか》えてチビ共とその場を離れることにした。

おっと、ついでに便利そうだから、この石斧は一本もらってくぜ。

第四話　で、魔法ってなんだ？

しばらく歩いた俺とチビ共は、街道から外れた草っぱらの上に赤髪を寝かせて、起きるのを待った。

……待った、ものすげぇ待った。声もかけた、肩を揺すったりもした。

「なんだこいつ、全然起きないじゃねぇか」

むしろ、少し幸せそうな顔で涎《よだれ》を垂《た》らしてやがる。

「えへ、えへへへ。駄目ですよぉ。私とこんなにたくさん契約したいだなんてぇ。えへへへへ」

駄目だ、話にならねぇ。

諦《あきら》めた俺はチビ共と相談し、ここで野営をすることにした。

ふざけやがって。もう夕暮れだぞ。

俺は焚き火《たび》のために木を集めて組み、火打ち石をカチカチ鳴らし始める。

その音に反応したのか、赤髪が目を覚《さ》ました。

「はっ。精霊！　精霊？　ここ？　え？」

体を起こしてきょろきょろしながら、わけ分かんねぇこと言ってる。

完全に寝ぼけてやがるな。面倒くせぇ……。

だがまぁ、フレンドリーだ。今度こそ、うまく話さないといけねぇな。

「おう。落ち着け。もう危険は……」

その時、赤髪と目が合った。

目を逸らされた。

二度見。

「ひいいいいいいいいい‼　すみませんすみません！　売らないでください！」

「お、おい」

「私、結構いいとこのお嬢様《じょうさま》です！　でもお金になりませんから！　なんでもしますから！　いえ、なんでもはできないです。あ、お金なら払います！　ですからお願いです、何もしないでください！」

駄目だ、完全にテンパってやがる。とりあえずなんとか落ち着かせないといけねぇなこりゃ……。

「落ち着けって、俺ぁ別にお前に何かしようとは……」

「何かしたんですか⁉　嘘《うそ》っ！　わ、私そんな寝てる間に……。いや、そんなの嫌……。だって私、最初は白馬の王子様とって決めてたのに……」

赤髪の奴、頭抱えて横に振り始めたぞ。全然聞いてねぇな。段々イライラしてきたわ。

いや、異文化交流だからな。もうちょい我慢だ……。

「だから聞けって。俺は別にお前に何も……」

「私、もうダメなんですね。このまま売られちゃうんですね。穢《けが》れちゃったんですね……。そんな、私はただみんなに認めてもらいたかっただけなのに、こんなことになっちゃうなんて……」

ははははっ。

悪《わり》ぃ、もう無理だわ。

「ちょっと黙れやこらああああああ！　俺の話を聞けこのダボがぁ！」

「ひゃい！」

ふぅ。怒鳴ったら、やっと静かになりやがった。これで落ち着いて説明ができんな。

なんかプルプル震えてるが、それはもうこの際置いとくか。

「ちっ。よく聞け、俺は何もしてねぇ。てめぇが気絶したから連れてきただけだ。縛《しば》ったりもしてねぇだろうが。まぁ信じられねぇだろうからもういい。さっさと失《う》せろ、くそが」

よし、なるべく抑《おさ》えて言えたな。フレンドリーだっただろう。

やっぱりチビ共以外は信用ならねぇな。さて、俺は野営の準備でもすっか。

俺は火打ち石をまたカチカチとやりだした。もうちょっとで点《つ》きそうなんだが、これが中々うまくいかねぇ。

だがまぁ、こういうのもチビ共と楽しむ時間の一つだからな、悪くねぇ。

カチッカチッカチッ。

「あ、あの……」

「うるせぇ。俺は忙しいんだ。見て分からねぇのか」

「は、はい……」

赤髪はなぜか立ち去ろうとしねぇ。まぁいい。俺には関係ねぇことだ。

カチッカチッカチッ。今日は点《つ》きが悪《わり》ぃなぁ。最近は大分コツを掴《つか》んだつもりだったんだが。

「火を点《つ》けたいんですか？」

「見りゃ分かるだろ」

なんなんだ、こいつはさっきからよぉ。さっさと行きたいとこに行けばいいだろうが。

だがその時、赤髪は俺の想像とは違うことを言いやがった。

「つ、点《つ》けましょうか？」

「あ？」

「ひぃいいい！　すみません！　すみません！」

俺が顔を向けると、赤髪は座ったままぺこぺこし始めた。

ちっ。面倒くせぇ。

だが今、なんて言った？　点《つ》ける？　こんな小奇麗な格好した奴がか？

「別に怒ったわけじゃねぇよ。なんだお前、ライターでも持ってんのか」

「ら、らいたー？　あの、それは持ってませんが、火なら点《つ》けられます」

何言ってんだこいつ。マッチがあるのか？

まぁ点《つ》けてくれるなら助かる。ちょっとやらしてみるか。

「おう。じゃぁちょっと頼めるか」

「は、はい」

赤髪が、人差し指を薪《まき》に向ける。

それだけだ。それだけで火が点《つ》いた。

なんだこりゃ？　今こいつ何したんだ？

「あ、あの、これでいいでしょうか……？」

「おう。助かった。でも今のはなんだ？　どうやって火を点《つ》けたんだ」

「え？」

なんでこんな不思議そうな顔してんだ、こいつは。わけが分からねぇ。

それとも、実は指先を向けたら火が点《つ》くってのは常識だったのか？　いや、それならライターを持ち歩く必要はねぇよな。どういうことだ？

「あの、魔法で点《つ》けたんですけど」

「魔法？　なんだそりゃ。手品か？」

「いえ、そうではなくて……。もしかして、魔法が使えないんですか？」

魔法？　ゲームとかのあれか？

そういやメガネが、そんなようなことを言っていた気もするが……。だめだ、覚えてねぇ。

「なんだ、魔法って」

「え？　えええええええええええ!?　あ、あなた魔法が使えないんですか!?」

「おう」

思いっきり上半身を引いて、すげぇ驚かれた。

「い、いや、だってそんな人、見たことありませんよ!?　あなたの周りの人は、みんな使っていたと思うんですけど……」

「俺の周りにそんな不可思議な奴は、一人もいなかったぞ」

「えええええええええええ!?」

やべぇ、本当に分からねぇぞ。素直に話を聞いたほうがいいのかもしれねぇなぁ。

だが、こいつここにいていいのか？

「なぁ、魔法ってのがなんなのかは聞きてぇけどよ。お前、ここにいて大丈夫なのかぁ？　どっか行くとこがあるんなら、引き止めたら悪《わり》ぃからな」

「あ、はい。大丈夫です。あれ？　なんか見た目と違って、案外常識的な人なのかな？　すごい怖い目つきなのに。それとも騙《だま》そうとしてる？」

おい、小声で言ってるつもりだろうが聞こえてるぞ。くそが。

だがまぁ、俺は分からねぇことを教えてもらう立場なんだ。ここは我慢するとこか。

俺は息を吐くと、薪《たきぎ》をくべながら質問する。

「で、魔法ってなんだ？」

「えっと、魔法です」

「……お前、俺に喧嘩《けんか》売ってんのか？」

「ひいいいい！　すみません！　すみません！」

あぁ、駄目だ。落ち着け俺。これじゃぁ話が進まねぇか。俺が折れるとこだな。

チビ共とだって交流できたんだ、こいつとも分かり合う努力をするべきだろ。

「……俺ぁ、五日前にここに来たばっかりでな。そういうこと何も知らねぇんだよ。悪《わり》い
んだけどよぉ、できれば教えてくれねぇか」

よし、頑張った。すげぇ頑張った。俺は今、こいつに頭を下げたぞ。ヤーさんにも頭なんて下げたことねぇのに、耐えたぞ。

顔を上げると、赤髪は不思議そうな顔で俺を見ていやがった。

「五日前、ですか。別の大陸から来たとか……？　でも他に大陸があるなんて聞いたこと

ないし。けど、魔法を知らないってことはそうなのかな」

「よく分かんねぇが、そんな感じだ」

「なるほど、分かりました。それじゃぁ説明させていただきますね！」

「おう、頼むわ」

俺は夕飯の支度をしながら、赤髪の話を聞くことにした。

よく知らねぇことってのは、聞くとわくわくすっからな。

「なるべく簡単に説明しますね。まず魔法というのは、魔力を火や水などに変換して出すことです」

「さっき指先から火が出たのは、魔力っていうのと変換して出したってことか」

「はい。後、怖いのでできれば目は合わせないでください」

くそが。だが仕方ねぇ。俺はなるべく赤髪の顔を見ないようにして、頷いて話の続きを促《うなが》した。

「魔力を変換することで、誰でも魔法を使うことができます。威力の調節や多少のアレンジなども意識することで簡単にできるんですよ。例えばですが、さっきみたいに火を点《つ》けるだけなら、１の魔力で十分です」

赤髪は、俺に人差し指を立てて見せた。

「なるほどな。すげぇ便利じゃねぇか」

ぐつぐつと煮え立つ鍋に山菜と薄く切った芋を入れながら、相槌《あいづち》を打つ。チビ共も、あぐらをかいている俺の膝《ひざ》に上って、どっかから拾ってきた木の実みてぇなものを鍋に入れた。

「はい。ですので、なぜ魔法で火を点《つ》けないのかなって思ってたんです」

そんな簡単に火を出るなら、確かにそうだな。

ってことは俺も出せるのか？

俺は右手の人差し指を何もない方に向けてみる。こういうのは気合だな。

「火ぃ出ろやああああああ！」

出ない。

俺の声が夜の暗闇に響いただけだ。それと、俺の膝《ひざ》の上では、火の被《かぶ》り物をしたチビが俺と同じポーズで人差し指を突き出していた。可愛い奴だ。

「あれ？　出ませんね。なんでだろ……」

赤髪は、俺の指先をじっと見つめている。

気合が足りなかったんだな。

俺が大きく息を吸うと、赤髪は魔法に巻き込まれないよう身を引いた。

もう一回、さっきより気合を込めて……言葉も気合の出るやつにするぞ。

「ぶっころすぞおらあああああああああ‼」

「ひぃっ⁉」

……出ない。

あれ？　だめだなこりゃ。うんともすんとも言わねぇ。

赤髪は背中を向けて丸まって震えていた。よく震える奴だ。

「おい。出ねぇぞ」

「えっと、なんで出ないんですか？」

それは俺が聞いたんだが……。

まぁいっか。よく考えたら、これまで火なんて出せたことねぇし。出なくても困らねぇわ。

「まぁいい。練習と気合が足りないのかもしれねぇからな」

「普通出るはずなんですけど……。うーん？」

またも赤髪は俺の指をじろじろ見て、首を傾げてやがる。

「とりあえず今までも使えなかったしな。出なくても困らねぇからいいわ。飯にしようぜ」

ちょうど鍋の中身も煮えた。俺は器によそって赤髪に差し出す。

「え？　私も食べていいんですか？」

「ちっ。いらねぇなら食うな」

「いえ、ありがとうございます」

俺が器を引っ込めようとしたら、慌てたように礼を言いやがった。

こいつ初めて笑ったな。あんだよ、少しは仲良くなれたんじゃねぇかな。

俺もつい笑顔になっちまう。チビ共もどことなく嬉しそうだ。

「ひっ！」

「人の笑顔を見てビビるのはやめろ、くそったれが」

「す、すみません。笑顔だったんですね。襲われるかと……」

本当に腹が立ちやがる。だがまぁいい、今はいい気分だしな。

っと、そういや、こいつの名前はなんて言うんだ？　色々教えてもらったことだし、ちゃんと聞いておくか。

「そういやぁ、もう一回言っておくわ。俺は零っつーもんだ。赤いの、お前の名前はなんだ」

「私の名前は、グレイス＝オル……んんっ！　グレイスです！」

あんだ？　なんか今、言いかけたような気がしたが。まぁいいか。

「グレイスオルか。よろしくな、グル公」

「グル公⁉　なんで略したんですか⁉　それに、グレイスオルじゃないです！　グレイスです！」

「ちっ。悪かった悪かった。よろしくな、グス公」

「グス公もいやですううううううううう！　赤いのとか、グス公とか！　女の子にひどくないですか⁉」

とりあえずグス公の叫びは全部無視した。まだ拳を握って喚《わめ》き散らしてるが、放置だ。知り合いには、渾名《あだな》ってぇのをつけたほうが仲良くなれんだろ。

さて、俺は飯を食うぞ。

グス公も腹が減っていたらしく、ぐちぐち言いながらも器に入れていたスプーンを手に取った。

一口食うと、グス公はおいしいと叫びやがった。ったく、うるせぇ奴だ。

まぁでも、俺とグス公の周りを囲んでるチビ共も飯を食いながら喜んでるからいいか。

そうして俺たちは食事を終え、その日はもう寝ることにした。

……横になって、夜空を見る。星が綺麗《きれい》だ。

明日はグス公の目的地を聞いて、町に向かうようなら一緒に行くのも悪くねぇかもしれねぇな。

第五話　あー、悪《わり》ぃ。精霊ってなんだ？

朝、何かの物音で目を覚ます。

こんな朝早くから誰だ？　ふざけやがって。

苛立《いらだ》ちながらも、音のする方向を見る。消した焚《た》き火《び》の跡《あと》の辺りらしい。よく見てみると、そこにいたのは火やマッチみたいな被《かぶ》り物をしたチビ共だった。

なんだ、新入りか？　俺の機嫌は、当然良くなった。新しいチビは大歓迎だ。

「おう、てめぇらそんなとこで何踊ってんだ？　火が消えて残念だったのか？　なら今点《つ》けてやるから、ちっと待てや」

カチッカチッカチッ。

火打ち石を叩くと、昨日とは違って簡単に火が点《つ》いた。はっ、早くも手慣れたもんだぜ。

そういや魔法とかってのはどうなのか、もう一回試《ため》してみるか。グス公はまだ寝てるみてぇだからな、小さい声でっと。

「火出ろや」

……もちろん、何も起きねぇ。

まぁ、俺は魔力とかそういうのはよく分からねぇからなぁ。この世界の人間特有のやつなのかもしれねぇな。

とりあえず俺は、新しく出会ったチビ共と恒例《こうれい》の頭撫《な》でと、指先合わせをした。

これをやると、チビ共はすげぇ機嫌が良くなる。へへっ。チビ共が喜ぶと俺も嬉しくなるしな。

それになんかこう、分かり合えてる気がするのがいい。まったく分かり合える気がしねぇグス公とは大違いだ。

とりあえず新入りとの挨拶が済んだ俺は、大勢のチビ共と一緒に朝飯の用意をする。

そこで、ふと思った。そういや、グス公はチビ共のことを何も言わなかったな。五十人
くらいいるわけだし、気づいてないことはねぇと思うが……。

少し考えたが、意味がねぇと思ってやめた。ぶっちゃけ、グス公とかどうでもいいしな。

朝飯ができる頃になって、俺はグス公を起こすことにした。

最初はチビ共に頼んだんだが、あいつ全然起きねぇみたいだ。チビ共に迷惑かけやがって、仕方ない奴だ。まぁ、軽く肩でも叩けば起きるだろ。

グス公の寝ている側《そば》に行って、俺は肩を叩いた。

「おい、グス公起きろ。朝飯できたぞ」

「えへへへ……。ひっ、やめてください！　売らないで！　あ、精霊さん行かないで！　嫌！　触らないで……」

何言ってんだ？　こいつ。仕方ねぇ。耳元に近づいて――

「さっさと起きろや、てめぇえええええええええ！」

「ひゃい！」

変な声をあげて、グス公は飛び起きた。

くそが、まだ俺を奴隷商人かなんかだとでも思ってんのか。腹立つ女だ。

グス公は何が起きたのか分からないような顔で、辺りをキョロキョロ見回している。

ちっ。面倒くせぇな。

「おう、おはよう」

「ひっ！　……あ。お、おはようございます！」

なんだ今の悲鳴は。本当、俺ぁなんでこんなのを連れてきちまったんだ。

でも、さすがに女を道端《みちばた》に置いてくわけにもいかなかったしなぁ。

「飯、できてんぞ」

「ご飯ですか！　昨日の夕飯もすごくおいしかったですよね！　楽しみですー！」

現金な奴だ。ただ、俺と目を合わせないようにして話してることだけは忘れねぇ。

飯を器によそい、俺たちは無言のまま食い始めた。取り立てて会話もねぇ。そりゃまぁ、ビビッてるんだからそうだろう。

あ、でも聞いておきたいことがあったな。

「おい、グス公」

「あ、あの……。グス公はやめて欲しいなぁって思うんですが」

俺は、当然グス公の意見を無視した。今、聞いてるのは俺のほうだからな。

「おめぇ、これからどうすんだ。俺らは一応町に行くつもりだ」

「町⁉　零さん町に何をしに……自首ですか？」

「とりあえず俺たちの行き先が違うってことは分かったな。俺は町で、てめぇは地獄だ」

「まままま待ってください！　冗談です！　私も一度町に戻ろうかなと思っています」

なるほど。グス公も町に行くのか。まぁそれなら一緒に行ってやってもいいが、こいつ面倒だから、いないほうが楽なんだよなぁ。

つっても、やっぱこのまま放置することもできねぇし、一応誘ってみっか。

「そうか。ならそこまで一緒に行くか？　俺はぶっちゃけ別でいいんだが」

「ひどくないですか⁉　旅は道連れって言うじゃないですか！　一緒に行きましょうよ！」

グス公は拳を握り締《し》めて俺に抗議した。目は合わせてねぇけど。

こんだけビビッてる奴が一緒に行動したいだなんて、絶対何か裏があんだろ。

「本音は？」

「次、モンスターに襲われたらもう助からないかなって。零さんがいれば怖くて近づいて来なさそうですし！」

ちっ。腹は立つが、危険な目に遭《あ》うのを分かってて知らんぷりするわけにもいかねぇ。なら、一緒に行ったほうが早《はえ》ぇか。

「わーった。じゃぁとりあえず町までは一緒ってことでいいな。用意ができたら出発するぞ」

「はい！　よろしくお願いします」

グス公はにっこり笑顔で俺に答え……すぐに顔を逸らした。

まぁ、こいつにしては頑張ったほうだろう。

飯を食い終わった俺たちは手早く身支度をして、火の後始末をした。チビ共が全員揃っていることも確認したし、出発するかぁ。


俺たちは街道に戻り、それに沿って真っ直《ます》ぐ進んだ。俺たちの他に誰もいねぇな。

それでも俺はチビ共を見てるだけでいい気分だ。チビ共は、俺の周りで飛び跳ねたり、スキップしたりしながらついてくる。

あ、石に躓《つまず》いてコケやがった。俺は転んだ奴を拾い上げて、肩に乗せる。チビは肩の上でもやっぱり飛び跳ねていた。可愛い奴らだ。

こうしてチビ共を見ているだけで十分なんだが、町に行くからにはコミュ力を磨《みが》かねぇといけねぇ。そのためには、やっぱ会話が大事だろう。

とりあえず近場で話せる奴は一人しかいねぇし、俺はグス公に話しかけることにした。

「おう」

「はい？」

「お前、なんであんなとこに一人でいたんだ？」

「うっ」

グス公は黙っちまった。なんとなくだが、ものすげぇ気まずい空気だ。グス公は俯《うつむ》いて、歩く速度も落ちてるしな。やべぇ、聞いたらまずいことだったたか。

「あー。悪《わり》ぃ。言いたくないならいいわ。悪かったな」

「い、いえ大丈夫です」

あんま大丈夫そうには見えねぇけどな。何か違う話にでも変えるか。

「そうだな。町まではどれくらいなんだ」

「せ、精霊と契約をしたいと思って旅をしてたんです」

「「………」」

二人して沈黙した。

あれ？　俺は町までにかかる時間を聞いたんだが、どうしてこうなってんだ？　なんか
グス公はあわあわしてやがるし。

旅？　さっきの質問の答えか？

「えーっと、話したくないんじゃなかったのか」

「いえ、少し言いづらかっただけです。話そうと思ったんですが……」

グス公は小さな声でそう言った。

話そうとしてたのに、俺が遮《さえぎ》っちまったのか。うまくいかねぇもんだ。

「お、おう。そうか。なら続けてくれ」

「は、はい」

もしかして俺って空気とかが読めてねぇのかなぁ。こういうとこも変えてかないといけねぇよな。

とりあえず今は、グス公の話に集中すっか。聞くことも大事だろ。

「私は精霊と契約をしたくて、あそこにいたんです。あの辺りは精霊とよく会えるという噂があったので」

「あー、悪《わり》ぃ。精霊ってなんだ？」

きょとんとした後に、グス公は何かに気づいたような顔になった。

「そうですよね。零さんは魔法も知らなかったんだから、精霊も知らないですよね。分かりました！　説明させていただきます！」

「おう。お手柔らかに頼むわ」

グス公はどっから出したのか分からない眼鏡を掛けた。いや、それ本当にどっから出したんだ。

後、なんでそんな活《い》き活《い》きしてんだ。

「精霊は各属性毎《ごと》にいます。精霊の中でも種類が分かれてるって感じですかね。基本的には人前に姿を見せません。大きさは手のひらサイズで、属性に合わせた格好をしているらしいです」

「属性に合わせた格好？」

「はい。文献によると、火の精霊なら激しく燃えていたり、水の精霊なら水を纏《まと》っていたりですね」

立ち止まって、俺はチビ共を見る。なんか、がおーがおーって俺を威嚇《いかく》してる。可愛い。まぁ大きさとかは合ってるが、こいつらは違うだろ。激しく燃えてるどころか、被《かぶ》り物だからな。

「なるほどな。で、なんで精霊ってのと契約がしてぇんだ？」

「この世界では、精霊と契約すると魔法使いとして一人前と認められるからです」

「つまり、グス公は半人前か」

「ぐふっ」

グス公は突然膝《ひざ》をついて倒れ込んだ。図星だったみてぇだな。

……てか、少し涙目になってるな。まぁグス公だからいいか。

「で、ですので、契約をすると一人前として認められます！　一体と契約したら一人前。二体と契約したら上級の魔法使い。三体と契約できようものなら、国を代表するレベルの魔法使いですね！」

立ち直ったらしいグス公は、胸を張って眼鏡をクイッと上げた。うぜぇ。

無視して俺が歩き出すと、グス公も慌ててついて来た。仕方ねぇ、話を続けてやるか。

「で、契約すると何かいいことでもあるのか？」

「精霊と契約することで、魔法の効力が上がるんです。例えば火の魔法の場合、20の魔力で使えば20の威力です。ですが火の精霊と契約していたら、同じ魔力量でも40の威力になりますね」

「倍かよ、すげぇな」

「精霊自身は魔法を使えないんですが、人の魔力をもらって、魔法を強化してくれるんです」

「へぇ、精霊は人から魔力をもらう。人は精霊に手助けしてもらう。こういうことかぁ？」

「はい、そうです」

なるほど。精霊ってのはすげぇ存在みたいだな。

でもそんなすげぇのと、簡単に契約なんてできんのか？　俺はその疑問を、そのままグス公にぶつけた。

「で、どうやって契約すんだ？」

「うっ」

グス公はまた足を止めて俯《うつむ》いた。

これあれだわ。何も考えずに来たタイプだな。間違いねぇ。

「……が、頑張って？」

「馬鹿だろ」

「うううううううううう！」

大当たりか。魔法使いって頭良さそうな響きなのに、こんな頭悪《わり》ぃ奴がなっていいのか？

「精霊ってのは人前に姿を出さねぇんだろ？　どうやって見つけるんだ」

「頑張って探します」

小声で自信なさげに答えるとか、もう限界じゃねぇか。本当駄目だな、こいつ。周りの奴らも、止めてやれよ。

「見つけた人の話とか、そういうのはねぇのかよ」

「聞きました。でも分からないんです」

「分かんねぇ？　契約してるのにか？」

「謎が多くて……」

俺にはグス公の言ってることのほうが分かんねぇけどな。契約してるのに見つけ方が分からねぇって、どういうことだよ。

完全にブルーになってるグス公は、俯《うつむ》いたまま顔も見せねぇ。

でもまぁ、よく考えたら俺の目を見ないように顔を逸らしてたから、あんまり変わってねぇな。

グス公をじっと見ていると、チビ共が俺を突いたり服を引っ張ったりしだした。

手伝ってやれってか？

うーん。まぁ俺は目的もねぇし、グス公一人でこのまま旅をさせたら死にそうだよなぁ。

……仕方ねぇか。

「おう。あれなら俺も手伝ってやろうか？」

「え？　手伝ってくれるんですか？」

ぱっと顔を上げて、グス公は俺の顔を見……ずに、肩の辺りに視線を向けた。

ちっ。まぁ今は許してやる。

「まぁ、一人よりも二人って言うしな。俺ぁ魔法も使えねぇし、精霊とかもよく分かんねえけど、それでもいいか？」

「は、はい！　ありがとうございます。本当は一人でちょっと不安だったんです」

「気にすんな。とりあえず町を目指せばいいんだったな」

まぁ俺に手伝えることなんて、ついて行くことと、周りを見ててやることくらいだけどな。

でもグス公は喜んでるみてぇだし、頑張ってみっか。チビ共もなんか、俺がそう決めたことを嬉しそうに見てっしな！

俺たちはその後、作戦会議をしながらカーラトっつう町に向かった。

さっさと町まで行くとすっか！

第六話　おう、家まで送ってやるよ

町が見えてきた頃、グス公から変なことを言われた。

「零さん、そのフードを被《かぶ》って町に入ってもらってもいいですか？」

「あぁ？」

フード？　あぁ、学ランの下に着ているパーカーのか。

でもなんでこんなのを被《かぶ》らないといけねぇんだ？

……もしかすっと、この世界ではそういう決まりでもあるのかもしれねぇなぁ。ここは、グス公の言う通りにしておくか。

「わぁーった。何か理由があるんだろ？　ならそうするわ」

「ありがとうございます」

グス公は、俺が一度で言うことを聞いてくれたのを喜んでるみてぇだ。

いや、別に俺はそんな分からず屋でもねぇぞ？

町の近くまで来て、とりあえず俺はパーカーのフードを被《かぶ》った。グス公に言われた通りにな。

ぐるりと壁で囲まれている町には、門のようなものがある。その門には、鎧を着た見張りみてぇのが二人立っていた。

「おう。あれはなんだ？」

「あ、はい。一応軽いチェックがあるんです。モンスターとかが入り込んだら大変ですからね」

「なるほどなぁ」

そういや、チビ共はどうなるんだ？　まぁ、到底モンスターには見えねぇし、可愛いからフリーパスなのかもしれねぇな。

そんなこんなで、町の門に辿《たど》り着いた。俺はグス公の後ろをついて行くだけだ。どうすればいいかも分からねぇし。

グス公は見張りに何かを見せて話している。

「はい。それではこれで……はい、あの人は私のお供です」

お供？　まぁ、別の世界から来たとか言ってもアレだわな。しょうがねぇか。

だが、見張りみてぇな奴らは俺の方をガン見してやがる。一体なんだ？

「いえ、ですから……。ううっ、いいですけど驚かないでくださいね。零さん、ちょっとこっちに来てフードを取ってもらってもいいですか？」

グス公が振り向いて、俺に手招きした。言われた通りにしたが、そりゃフードを被《かぶ》って顔を隠していたら怪《あや》しまれてもしょうがねぇよな。

「おう、一応顔を見せておけってことだろ。いいぜ」

俺は見張りの前に行ってフードを取った。そしてフレンドリーな笑顔を向けてみる。

完璧《かんぺき》だろ。俺も丸くなってきたもんだ。

「ひっ」

だが一人は悲鳴を上げて、もう一人は無言で俺から距離をとった。二人とも少し震えてる。

やべぇ、慣れてるはずなのに少し傷つきそうだ。

「ね？　悪い人じゃないんですけど、目がちょっと……いえ、すごく怖いんです。だから
フードを被《かぶ》ってもらっていたんです」

ちっ。フードは俺の顔を隠すためだったのか。素直に従ってやったのによ。

俺は、グス公にデコピンしてやろうと決めた。あの野郎、よくも黙ってやがったな。

「わ、分かりました。どうぞお入りください」

「ありがとうございます！　さぁ零さん町に入りましょう！」

グス公は嬉しそうだが、俺の心は傷ついてるぞ。くそが。

俺たちはとりあえず町の中に入った。チビ共は俺の予想通り、フリーパス状態でついて
来た。当然だな。

「で、まずはどうすんだ？」

「今日は宿をとって、準備を整えて、明日精霊を探しに行こうと思ってます」

なるほど、無難《ぶなん》だな。ってことは、まずは宿かぁ。

町の中はまだ昼間だからか、結構人が多かった。よく分かんねぇが、食べ物やら道具やらを売っている店がすげぇある。

木製の建物が多いが、露店《ろてん》みたいに道具を広げてる奴らもいる。面白《おもしれ》ぇな。TVで見た海外の町にいるみてぇだ。

グス公はその中を迷うこともなく進み、すぐに宿に着いた。町の宿ってのは、大体門から近いところにあるものらしい。利便性《りべんせい》がいいとかなんとか言ってたな。

「すみません、二名で一泊したいんですが」

宿のカウンターに向かったグス公は、受付のおばちゃんに話しかけた。

へぇ、手慣れたもんじゃねぇか。少しだけ見直したぜ。

「はいはい、一部屋でいいですか？」

「いえいえいえいえいえ！　二部屋でお願いします！」

「あら、お連れの方は男性だったのかしら。では二部屋ですね」

「は、はい」

グス公をよそに、俺は宿の中を見回していた。

なんかよぉ、木造っつぅのか。こういう建物ってのは俺が元いた世界では少なくなってたから、なんかいいよなぁ。

グス公は宿屋の人と話してあたふたしてやがるけど、よく考えたら俺には金がねぇからどうにもできねぇんだよな。宿代払わせちまうことだし、デコピンは勘弁《かんべん》しておいてやるか……。

そんなことを考えつつカウンターでのやりとりを眺めていると、グス公が振り返った。

「部屋とれましたので、荷物を置きに行きましょう」

「あぁ、悪《わり》ぃな。宿代払わせちまって」

グス公は口に手を当てて、くすくす笑い出した。

なんだぁ？　俺が気を遣《つか》ったら悪いってか？

「零さんは私の命の恩人じゃないですか。これくらい気にしないでくださいよ」

「命の恩人？　お前、そんなに腹が減ってたのか？」

「違いますよ！　食事の話じゃないです！　ゴブリンから助けてくれたじゃないですか！」

ゴブリン？　……あの緑の奴のことか？

そういや、生意気《なまいき》だったから蹴りくれてやったな。すっかり忘れてた。

「あぁ、そんなこともあったなぁ。グス公の食いっぷりがあまりにも良かったから、忘れてたわ」

「うぅっ、私、別に食いしん坊とかじゃ……」

あれ、おかしいな。俺ぁ褒《ほ》めたつもりだったんだが、グス公はへこんでやがる。女ってのは難しい生き物《もん》だな……。

グス公は隣《とな》り合った一人部屋を二つとったらしく、俺らはとりあえず部屋に荷物を置いて、買い物と食事に出ることにした。道具とか、そういうもんを見に行くらしい。

道具屋に向かうグス公について町の中を歩いていたんだが、そこで不思議なことに気づいた。

「なぁ、グス公」

「はいはい、どうかしましたか？」

グス公も俺との会話に慣れてきたらしく、段々普通に話せるようになってきた。……目は絶対に合わせねぇけどな！

まぁそれは置いといて、気になったことをグス公に聞くことにする。

「なんかよぉ。みんなカラフルな頭をしてるが、そういうもんなのか？」

「カラフル……？　あぁ、髪の色ですか。言っていませんでしたね」

あん？　なんか理由があるのか。髪の色なんてファッションみてぇなもんだと思ってたんだが、そうじゃねぇのか？

「髪の色は、魔力の属性で変わるんです。例えば私は炎の魔法が得意なので赤い髪です。青い髪なら水の魔法で、零さんは茶色だから、大地系の魔法ですかね？」

「へぇ。便利なもんだな」

なるほどな。髪の色と魔力ってやつが関係してるのか。面白《おもしれ》ぇもんだ。


俺らはそのまま話をしつつ、道具屋に行って買い物をした。

グス公にどの道具が必要かとか色々聞かれたが、俺には買う物を選ぶほどの知識なんてねぇし、金もねぇ。基本、グス公に任《まか》せて店主とのやりとりを後ろで聞いていただけだ。

ぶっちゃけると、説明してもらっても見たことない道具ばっかりで分からなかったしな。

……あれ？　もしかして俺って役立たずなんじゃねぇか？

店を出た俺は、せめて荷物くらいは持とうとグス公から袋をひったくった。

「おう。よこせ」

「え？　あ、荷物……」

グス公は俺の手の袋を見ながら驚いた顔をした。まぁ、いきなり取られたらそうだろう。

「荷物持ちくらいしかできねぇからな」

「気にしないでもいいのに……でも、ありがとうございます」

「おう」

次の店に行こうと歩き出したその時――

「何度も言わせるな！　儂《わし》はお前らに武器を作る気などない！」

突然、怒鳴り声が聞こえた。声のした方に目をやると、ジジイと、でかいのと小さいのが何か言い合ってる。遠巻きに、その様子を見ている野次馬もいた。

「あぁ⁉　調子に乗ってんじゃねぇぞジジイが‼」

「アニキ！　やっちゃいましょうよ！」

アニキと呼ばれたでかいのがジジイにガン飛ばして、小さいのは横でけしかけている。ちっ。どこにでもあぁいう奴らはいるな。

グス公は、その様子を真っ直《ます》ぐ見てる。止めようとでも思ってんのか？　あぁいうのは放っておいたほうがいいんだがな。

「儂《わし》は仕事があるんじゃ！　もう行くぞ！」

「このジジイが‼」

「ぐっ」

ジジイはでかいのに腹を蹴られて蹲《うずくま》った。老《お》い先短いジジイに蹴りを入れるとか、クズだなこいつら。

グス公はそれを見て耐えられなくなったらしい。

「零さん！　ちょっとここで待っていてください！」

だが俺は、ジジイのところに行こうとするグス公の腕を掴《つか》んだ。

お前が行ったたってどうにもならねぇだろうが。ったくよぉ、しょうがねぇなぁ。

「いいから下がってろ」

「でも！　……って、零さん？」

俺はグス公に荷物を渡して、そいつらの方に真っ直《ま》ぐ《す》向かった。そして、でかいのにわざと肩をぶつける。

するといでかいのは振り向きざまに俺へ怒鳴り声をあげた。

「あぁ⁉　てめぇ何ぶつかってきてんだ！　ぶっとばされてぇのか！」

「おらぁ‼」

「ぐげっ⁉」

俺は間髪《かんはつ》を容《い》れずに、でかいのの腹に蹴りを入れた。吹っ飛ばされたでかいのは転がっていって、壁で背中を打ってぶっ倒れた。ざまぁ見やがれ。

「て、てててめぇ！　アニキに何しやがる！」

「てめぇらと同じことをやっただけだろうが。気に食わねぇから蹴り入れたんだ」

小さいほうはポカーンとした後、俺にガンつけてきた。

「ふ、ふざけんなよ！　やんのかおらぁ！」

「あぁ？」

「ひぃっ！」

俺と小さいのの目が合った。その瞬間、小さいのは悲鳴をあげて目を泳がせる。

はっ。こういうときは俺の目も役に立ちやがる。だが、もうひと押しってところか……。

俺は息を思い切り吸い込む。で、叫んだ。

「んだごらああああああああああ！　やんのかおらぁ‼　調子くれてんじゃねぇぞおらああああ‼」

「すすすすすみませんでしたあああ！」

小さいのはでかいのに肩を貸し、野次馬をかき分けて走って逃げてった。

けっ、二度と面《つら》見せんじゃねぇぞ。

チビ共は、逃げてく二人にあっかんべーをしていた。いいぞ、ついでに中指も立てておけ。っと、今はジジイの様子を見ねぇとな。

「おい、大丈夫かジジイ」

「う、うむ。すまんな若いの……ひょっ⁉」

ちっ。助けても目が合ったらこれかよ。

だが、ジジイも悪いと思ったらしい。首を振ると、俺の目を真《ま》っ直《す》ぐ見て……やっぱ逸らした。

まぁ、仕方ねぇな……。

「いや、助かったぞ若いの。本当にありがとうな」

「おう、家まで送ってやるよ」

「む、そうか。すまんな」

俺はジジイを立たせてやる。どうやら大した怪我《けが》はないみてぇだ。

さっきの奴らの仲間がまた来るかもしれねぇし、俺はジジイの家までついて行くことにした。

問題はグス公だ。

「零さん⁉　なんでいきなり蹴ってるんですか！　助けたのは立派ですけど、蹴ったらだめですよ！」

「ちっ。喧嘩《けんか》ってのは、やられる前にやるもんだ。本当ならもっとボコボコにして、病院送りにしたいくれぇだ」

「だめですよ⁉　もう本当にやめてくださいよ……。心配したんですから」

怒ったような口調から、グス公は急にテンションが下がったようになる。

心配？　俺をか？　そう言われるとなんか悪い気がしてきたな。しゃぁねぇ、謝っておくか。

「悪かった。次からはちゃんと止《とど》めを刺すわ」

「刺さないでくださいよ⁉」

なんだよ、仕返しを心配してたんじゃねぇのか。

ジジイは俺とグス公のやり取りを微笑《ほほえ》ましそうに見てた。そういう目で見られると、なんだか恥ずかしくなってくるな。

まぁいい、とりあえずジジイの家に向かおうぜ。

第七話　鉄パイプくれっか

ジジイの家は、町外れにあった。見たことのねぇ一風変わった建物だ。入口から覗《のぞ》くと、家の奥には窯《かま》みてぇのがあって、そこから煙突《えんとつ》が屋根の上まで延《の》びている。なんだこりゃ？

まぁ、ジジイがここで何してるかは俺には関係ねぇか。

「おう。それじゃぁ俺らはこれで行くわ」

「待て待て待て待て！　茶くらい飲んでいけ！」

俺が帰ろうとすると、ジジイは腕をがっしり掴《つか》んで引き止めた。

「いや、別に大したことしてねぇからよぉ……」

「いいからいいから！　な！」

俺らはジジイに押されて、家の中に連れてかれた。ジジイってのは強引《ごういん》だなぁ。

ジジイの家の中には、色んな物が置いてあった。武器とか鎧とか、そういうもんだ。

テーブルを囲んで出された茶を飲みながら、俺はそれらをジロジロ眺めていた。

「お？　興味があるか？　儂《わし》はこう見えて、長いこと鍛冶職人《かじ》をやっていてな！　そうじゃ、名乗っておらんかったな。儂《わし》の名はエルジーというんじゃ！」

鍛冶職人？　よく分かんねぇけど、このジジイも武器とかが好きってことだよな。

「俺ぁ零ってんだ。それにしてもすげぇな。やっぱ男だから、こういうのには憧《あこが》れちまうな」

「私はグレイスと言います。よろしくお願いします」

俺に続いて自己紹介したグス公は、エルジジイに向かってお辞儀《じぎ》した。

それを見て、エルジジイは嬉しそうに笑っている。しわしわの顔が、ぐしゃぐしゃになってんぞ。

「うむ。二人ともよろしくな！　そうか、武器に憧《あこが》れるか！　分かってるのぉ！」

俺とエルジジイが盛り上がってるのを、グス公はよく分からないという目で見ながらお茶を啜《すす》っている。まぁ女子供に分かるもんじゃねぇよな。

それにしても、エルジジイか。自分で自分のことをジジイって言うとか、変わってんな。

「そうじゃ！　お主たち冒険者じゃろ？　助けてもらった礼に武器や防具をやろう！　町にはどのくらいいるんじゃ？」

冒険者？　また知らねぇ単語が出てきやがったな。後でグス公に聞いてみっか。

「いえ、私たちは明日には町を発《た》つつもりでして……」

俺が考え事をしていると、グス公がジジイに答えた。

明日、出発すんのか。そういやそうだったな。

「む、そうか。なら、完成品しか渡せないのぉ。倉庫に色々あるから、見に来るといい」

「いや、あのくらいのことで貰《もら》うわけにはいかねぇよ。この茶で十分だ」

俺の言葉に、エルジジイは驚いたようだ。そしてにっかり笑った。

「今時珍しいくらい真っ直《ます》ぐな若者じゃな！　気に入った！　何としても持っていってもらうぞ！　これでも腕には自信があるからな。安心せい！」

「いや、だから……」

エルジジイは俺らの言葉を無視して、いいからいいからと倉庫に連れてった。

倉庫には、家の中とは比べものにならないほど大量の武器や防具があった。何十……いや、何百か？　とにかくピカピカに磨かれた剣とか鎧とかが、たくさん並べられている。

「すげぇ……」

「かっかっか！　気に入るのが見つかるまでいていいぞ！」

エルジジイは得意げに胸を張って笑った。

けど、俺はどうしたもんかと腕を組む。

「いや、俺は金を持ってねぇからよぉ」

「零さん、ご厚意《こうい》に甘えましょう。お金なら、私が多少は持ち合わせていますから」

グス公が俺のパーカーの裾《すそ》を引っ張って、小声で言った。

悪《わり》ぃなグス公。そのうちなんとかして返すわ。

だが、エルジジイは突然怒りだした。

「ばっかもーん！　やると言ったんじゃ！　金なんてもらうか！　恩人に金など要求せん！」

俺は思わずポカンとしたが、エルジジイの真剣な顔を見て息を吐いた。

ったくよぉ、かっけぇじゃねぇか。

「エルジジイ……。ありがとな」

「かっかっかっか！」

ここまで言われて断るのも悪《わり》ぃしな。俺はエルジジイの言葉に甘えることにした。

っても、何を選べばいいんだ？

「なぁ、なんかお薦《すす》めとかあるのか？」

「お薦めか？　全部じゃ！　……と言いたいとこじゃが、用途によって変わってくるのぉ。どんな戦い方をするんじゃ？」

戦い方？　喧嘩《けんか》の方法ってことか。それなら話は早いな。

「じゃあ、鎧は殴《なぐ》ったり蹴ったりされても平気なやつで頼む。後、動きやすいのにしてくれるか」

「ふむ。なら軽鎧がいいじゃろうな！　サイズは……これなんてどうじゃ？　着けてみるぞ！」

エルジジイの言うがままに鎧を着けさせられる。俺は着せ替え人形じゃねぇぞ。

だが、エルジジイが着けてくれた鎧は俺の体にしっくり来た。

籠手《こて》みたいなのに、足を膝《ひざ》まで守る防具。それに胸当てだ。

俺は鎧を着けたまま、体を捻《ひね》ったり、ジャンプしたりしてみた。

「おぉ。すげぇな、重くもねぇし動きやすい」

「そうじゃろそうじゃろ！　だがまぁ、腹部や背中の守りが甘くなってしまう。もっとしっかりしたのにするか？」

「いや、このほうが動きやすくて性《しょう》に合ってんな。気に入ったぜ！」

「零さん、よく似合ってますよ！」

グス公は笑顔で俺に手を振った。

銀色の防具を着けて、俺もなんかウキウキしてきた。やっぱこういうのはテンション上がっちまうな。

「武器はどうする？　どんなのがいいか言ってみい！」

エルジジイも俺につられて興奮してるみてぇだな。目ぇキラキラさせて、大声出してやがる。

……武器、か。一応、防具を選んでるときに考えてはいた。

「ないかもしれねぇんだけど、言ってもいいか？」

「構わん構わん！　なんでも言え！」

「ならよぉ。なるべく軽くて、頑丈《がんじょう》なやつがいいんだが」

「ほう！　剣か？　槍か？　いや、石斧を持ってるみたいじゃし斧か！」

「鉄パイプくれっか」

……あれ？　なんか周りが静かになりやがった。どうしたんだ？

「零さあああああん⁉　ここは武器屋ですからね⁉　鉄パイプは武器じゃないですよね⁉」

「あ？　鉄パイプは武器だろ……？」

グス公がすげぇ勢いで近づいてきて、俺の肩を掴《つか》んで揺さぶる。

おいおい揺すりすぎだろ、やめろ馬鹿野郎。

「違います！　絶対に違います！　もおおおおおおおお！」

いや、鉄パイプは武器だろ。バットとかも武器だしよぉ。釘とかつけたら、すげぇ強さじゃねぇか。それともこっちの世界じゃ違《ちげ》ぇのか？

疑問に思っていると、エルジジイが笑い出した。

「くふっ……くふふっ……くはははははは！　鉄パイプか！　本当に若いのは変わってる

な。分かった！　それくらいなら今すぐ作ってやる！」

「作ってくれんのか？　でも時間とかよぉ」

「何、鉄パイプ程度なら時間もかからん。長さを決めたらすぐに作り始めるから待っておれ！」

エルジジイは紙と書くものを持ってくると、俺に長さや太さ、希望の重さとかを確認した。

一通りメモすると、エルジジイはすぐに窯《かま》のある場所に向かった。作業に取り掛かるようだ。

「小一時間で作れるはずじゃ。待っておってもいいし、時間を潰《つぶ》してきてもいいぞ！」

窯《かま》の前から、エルジジイは俺たちにそう言った。

そんな簡単にできんのか。すげぇな。

「おう。どうするよグス公」

「そうですね……。買い物は大体済んでますし、ご飯でも買ってきましょうか」

「わぁった」

俺とグス公はエルジジイの家を出て、町に飯を買いに出る。

ちなみにチビ共はエルジジイの作業を面白《おもしろ》そうに見ていたので、置いていくことにした。

一応、危ないから近づくなよとは言っておいたから大丈夫だろう。

チビ共もしっかり頷いてたしな。本当に物分りのいい奴らだぜ。

飯は、軽食ってやつだな。さらっと買って、ついでにいくつか店を覗《のぞ》いて包帯を買った。

グス公は『包帯ならありますよ？』とか言ってたが、これは怪我したとこに使うんじゃねぇんだよ。

まぁ、そんなこんなで大体小一時間くらい経って、エルジジイの家に戻る。

家の扉を開けると、エルジジイが奥からすっ飛んできた。

「できたぞ！」

「え、もうできてんのか？」

「これくらいちょろいもんじゃ！」

俺はエルジジイから、薄《うっす》らと青く光ってる鉄パイプを受け取った。

なんだこれ、ものすげぇ軽いじゃねぇか。

軽く振ったり地面を叩いたりしてみたが、鉄パイプは変に曲《ま》がったり傷ついたりもしなかった。

「すげぇな！　びくともしねぇ！」

「かっかっか。世界一の鉄パイプが作れたと思うぞ！」

ふと、豪快《ごうかい》に笑うエルジジイの隣にいるグス公の姿が目に入った。ん？　さっきから静かだと思ったが、グス公はなんでこっちをじーっと見てんだ？

「あの、エルジーさん。これって、もしかして……ミスリルですか？」

「ほぉ！　よく分かったのぉ。その通りじゃ！」

「えええええええええええええ⁉」

グス公は耳をつんざくような大声で叫んだ。俺にはさっぱり理由が分かんねぇが、とりあえずうるせぇ。

「ミスリル？　ミスリルってなんだ？」

「鉄よりも遥《はる》かに軽くて丈夫で、高価な鉱物です！　騎士団などの正規騎士の剣や鎧に使うものですよ⁉　その貴重なものを鉄パイプなんかに使ったんですか⁉」

お、おう？　なんかすげぇもんなのは分かったわ。

だけどよぉ、鉄パイプを馬鹿にするのはどうかと思うんだけどなぁ。

「すげぇ高《たけ》えもんだってのは分かった。よかったのか？」

エルジジイに聞くと、笑顔で返された。

「構わん構わん！　儂《わし》はお前が気に入ったと言ったじゃろ！　好きに使え！」

へへっ。悪《わり》ぃな。

俺はミスリルの鉄パイプの持ち手に包帯を巻いた。うん、しっくりくるな。

「あぁ、そのために包帯を買ったんですね」

「おう！　完璧だ！　すげぇ今テンション上がってるぜ！」

「わ、分かりましたから振り回さないでくださいよ」

グス公に言われて、仕方なく振り回すのをやめた。ちょっとくらい、いいじゃねぇか。

その後、エルジジイと一緒に買ってきた飯を食って、俺らは宿に戻ることにした。

「ありがとな。大事に使わせてもらうぜ」

「かっかっか。困ったらいつでも来い！　直してもやるし、他の武器でもお前らのためなら作ってやるぞ！　今日は非常に楽しかったわい！」

「本当に本当に、ありがとうございました」

俺とグス公はエルジジイに見送られ、宿に向かった。

明日は精霊探しだ。武器も手に入れたし、腕が鳴るな。

第八話　お前、実は分かってねぇだろ

朝、俺はまだ宿にいる。

隣の部屋の扉を叩いてみたが、まるで反応がねぇ。チビ共も一緒に扉を叩いてくれてるが、まったく起きる気配がしねぇ。

つまりこれはあれだ、グス公は寝坊ってやつだ。まぁ、疲れてたんだろう。

宿で朝食を済ませ、俺はチビ共と部屋に戻ってグス公が起きるまで遊んでることにした。

部屋のあちこちに隠れたチビ共を俺が見つける、かくれんぼだな。

俺が隠れるようなところはねぇからずっと鬼だったが、別に構やしねぇ。

チビ共は一生懸命隠れてるつもりなんだろうが、被《かぶ》り物の一部がはみ出てるから、簡単に見つけることができた。

俺がつまみ上げると、ジタバタする奴や、人形のフリをする奴、顔を手で隠す奴とかがいて、その反応を見てるだけで楽しかった。

そうして遊んでて、ちょうど昼前くらいか？　部屋の扉が勢いよく開かれた。

咄嗟《とっさ》のことでビクッとしちまったが、別にビビッたわけじゃねぇぞ！

部屋の入口に立ってたのはグス公だった。下を向いて俯《うつむ》いてやがる。何かあったのか？

「どうして起こしてくれないんですかあああああああ⁉」

どこの世界でも、寝坊した奴の八《や》つ当たりってのは変わらねぇみてぇだな。やれやれだ……。

俺が溜息をつくと、チビ共も同じように手のひらを上に向けて、やれやれとやっていた。

――昼過ぎ、飯を済ませた俺らは町を出て森に向かっていた。

グス公はずっとぶつぶつ文句を言ってやがる。

「零さんのせいで……零さんが起こしてくれないから……零さんが悪い……」

俺はグス公について来たことや、疲れてるなら休ませてやろうと気を遣ったことを、少し後悔《こうかい》していた。だが、今何か言っても逆ギレされそうだから言わねぇ。面倒くせぇからな。

とりあえず空気を変えるために、昨日話し合ったことを確認することにした。

「今日は精霊の森ってとこに向かうんだろ？　大体の場所は分かってるって言ってたよな」

「零さんのせいで……あ、はい。大丈夫です、たぶん」

グス公は不機嫌そうに答える。本当いつまでも引きずりやがるな。

だがまぁ流してやることにして、俺は話を続けた。

「そうか。どの辺りなんだ」

「精霊のいるところは魔力が強いんです。だから、魔力が強いところに精霊の森があるはずです！　……たぶん」

……なんか、本当に大丈夫か？　さっきから『たぶん』ってつけてねぇか？

目を合わせないのは仕方ねぇとしても、こっちを向こうともしねぇし。

「精霊のいる、魔力が強《つえ》ぇところの特徴ってのはなんだ？」

「そうですね。精霊がいるところって、彼らのお蔭《かげ》で森が豊かなんです。だから、水が綺《き》麗《れい》だったり土が豊かだったり、森が活《い》き活《い》きとしていたりですかね。たぶん」

なるほどと言いたいところだが、グス公の言うことだからいまいち信用ならねぇ。また、たぶんってつけてたしな。

「さっきからたぶんたぶんって、お前実は分かってねぇだろ」

「……大丈夫です。たぶん」

俺の方を見ないまま、グス公は一瞬黙った後にそう言った。

駄目だ。こりゃ見つかる気がしねぇ。

昨日は自信満々に、精霊の森に向かえば見つけられるって言ってたから信じたが、こいつ全然分かってねぇ。

といっても、俺もこの世界に来たばっかだから分かるわけがねぇ。この辺りで知ってる森なんて、チビ共と出会った場所くらいだ。

……ん？　そういやあそこは水も綺麗《きれい》だったし、木も生《お》い茂《しげ》ってて草も育ってたな。

「私の予想ですと、たぶんあっちの方じゃないかなぁと思うんです」

グス公は、今進んでいる方向を指差した。

「一応聞くが、根拠はなんだ」

「勘《かん》です！　あ、でも勘って大事なんですよ？」

やっぱ駄目だ。仕方ねぇ、行くとこがはっきりしないなら、ダメ元であの場所に連れてってみるか。

「おう、グス公。ちっと俺に心当たりがあるんだが、一応行ってみねぇか？」

「嫌です。人気《ひとけ》のないところに連れ込もうとしているんですよね？　分かっていますからね！」

うぜぇ……。このクソアマ、まじでぶっとばしてぇ。てか、ぶっとばすか。

俺は無言でグス公の頭を引《ひ》っ叩《ぱた》いた。

「いたああああああああああい！　零さん何するんですか⁉」

「悪《わり》ぃ、手が滑った」

「思いっきり叩いてたじゃないですかあああ！」

その後もギャーギャー言っていたが、もちろん全部無視した。少しスッとしたな。

んー、そういや、チビ共に聞いてみるってのも手かもしれねぇな。こいつらはずっとこの辺りにいたんだろうし、知ってるかもしれねぇ。

「グス公、ちっと休憩すっぞ。小休止ってやつだ」

「あれあれあれあれ？　零さんもうバテたんですか？　しょうがないですねぇ、時間もないんですから、ちょっとだけですよ？」

「おう、悪《わり》ぃな。誰かが寝坊しなければ時間にも余裕があったんだけどな」

「ふぐううううううう！」

嫌味ったらしくニヤニヤしてやがったから、いい気味だぜ。

なんかよく分からねぇ叫びを上げてるグス公を無視して、俺ぁチビ共に話かけた。

「なぁ、精霊の森って知ってるか？」

全員、めっちゃ首を縦に振ってるな。本当にいつか首が取れそうで心配だ。

「まじか。案内とかしてもらえねぇかな？」

おぉ、自信満々にサムズアップしてやがる。本当、グス公とは違って、こいつらは頼りになるな。

「おい。行くぞ」

振り返ると、グス公は地面に座って水を飲んでいた。

「え？　休憩はもう終わりですか？　構わないですけど」

「ついて来い」

「だから嫌ですって！　そんな露骨《ろこつ》な誘いに乗るとでも思っているんですか⁉」

面倒くせぇから、俺はグス公を無視してチビ共と一緒に行くことにした。グス公は本当に来ないつもりらしい。ちらちらとこっちを見てるのが分かる。

戻ってくるとでも思ってんのか？　まぁ別にいいけどな。

だが、俺らがそのまま歩いて行くのを見て、慌てて追いかけてきた。

「なんで置いて行こうとするんですか⁉　ひどくないですか⁉」

「うるせぇ！　精霊の森に行くってんだよ！　黙ってついて来い、このボケグス公が！」

「ボケグス公⁉　ひどい！　あ、ボケナスとグス公を合わせたんですね。零さんうまいですね。……いや、ひどいですからね⁉」

ギャーギャーギャーギャーとよく喚《わめ》きやがる。

やっぱりチビ共と、あの森で一生暮らすべきだったな。

俺ぁチビ共の後について歩いてるだけだが、迷いなく進む俺を見て、グス公は不思議そうな顔をしてる。やっぱりグス公にはチビ共が見えてねぇのか。

どういうことだ？　俺の妄想《もうそう》？　いや、それなら一緒に飯作ったりできねぇしなぁ。チビ共って一体何者なんだ？

こいつらは言葉は話せねぇが、質問すれば絵を描いたりして答えてくれるかもしれねぇ。こうなりゃ、片っ端から思いついたことを……と思ったが、やめだやめ。チビ共は俺の友達だ。くだらねぇ詮索《せんさく》はしねぇのがダチってもんだろ。

俺はそれきり余計なことを考えるのをやめた。グス公は後ろで文句を言い続けてるけどな。本当うるせぇ。


しばらく街道を歩くと、森の中にチビ共が入った。

チビ共の進む、今歩いているこの道に俺は覚えがあった。

間違いねぇ。この先は俺とチビ共が暮らしていた場所だ。つまり、そういうことだろう。もう森の外も飽《あ》きたし、森に帰ろうぜってことだ。

へへっ、俺からしたら大歓迎だぜ。グス公はまぁ、後で町に送ってやればいいだろ。

だが、急に静かになったグス公が何かに気づいたように呟《つぶや》いた。

「すごい……」

「あん？」

「魔力がどんどん濃《こ》くなっています。……うぅん、満ちていってるんです」

振り返ると、グス公は森を見回しながら歩いている。

「どういうことだ？」

「分かりません。分からないんですけど、分かるんです」

俺にはてめぇの言ってることが分からねぇよ。分かったのは、魔力が濃くなってるらしいってことだ。……魔力が濃い？　あれ、つまり精霊の森ってやつか？

そのまま少し進んで着いた場所は、俺とチビ共が暮らしていた洞窟だった。チビ共はそこで立ち止まり、飛び跳ねてる。どうやらここが目的地みたいだ。やっぱチビ共も帰りたかったんだな。

グス公は周囲を見渡して驚いた顔をしてる。

何に驚いてるのかは分からねぇが、俺には夕暮れになってることのほうが気になった。そろそろ夕飯の準備をしねぇとな。

俺は水筒の水を少し鍋にたらして洗い始めた。さてと、何作るかな。町で仕入れた肉もあるしなぁ、肉は焼くか？　スープに入れるのも味が出ていいんだよなぁ。

そんなことを考えていたら、グス公が鍋を洗っている俺の肩を揺さぶりだした。

「おい、俺は今鍋を洗ってんだ。邪魔《じゃま》してんじゃねぇよ」

「それどころじゃありませんよ！　零さんは、ここがどこだか分かってるんですか⁉」

「あ？　俺の家だろ？」

「何をわけの分からないことを言っているんですか！　ここは精霊の森ですよ！　間違いありません。零さんなんでここを知っているんですか⁉　文献とかで存在するだろうと言われてはいましたが、何度調査しても分からないままだったんですよ！　行ったことがあるという人だって、二度目は辿り着けなかったって……」

グス公は喚《わめ》いてるが、俺には何をそんなに騒いでるのかさっぱり分かんねぇ。

「いや、ここに住んでたからなぁ」

「住んでた⁉　ここに⁉　どういうことですか！　ちゃんと説明してください！」

えぇー……。面倒くせぇなぁ。

仕方なく、俺はグス公に説明することにした。

第九話　なんか、俺が悪《わり》ぃみたいだ

洞窟の中で夕飯を食いながら、俺はグス公にここは別の世界から来たこととか、気づいたらこの森にいたこと、チビ共と仲良くなったこととかを説明した。最初からそうやって聞いていればよかったんじゃねえか？
グス公は、真剣に話を聞いてくれていた。

「なるほど。色々と納得がいきました」

「納得だぁ？」

顎《あご》に手を当てながら、グス公は頷く。こいつ、馬鹿のくせになんで格好つけてんだ。

「はい。零さんの変わった服装とか目つきが怖いこととか、魔法や精霊を知らないことと か目つきが怖いこととか、たまに誰もいないのに話しかけていたことなどですね。絶対に危ない人だと思っていました」

「てめぇ、俺をそんな風に思ってやがったのか……。てか、目つきが怖いって言いすぎじゃねぇか⁉　あぁ⁉」

「ひっ！　お願いします、こっちを見ないでください！」

ビクリと跳ねたグス公は、思いっきり顔を背《そむ》けやがった。

くそがぁ……。とりあえず信じてもらえたことは嬉しいが、俺は納得いってねぇぞ。

「まぁそういうわけで、零さんの言うことも信じました。ですが、精霊が見えていたなんて……。恐らく、それは零さんのスキルですね」

「スキル？　また新しい単語が出てきたぞ」

俺は食い終わった器を地面に置いた。グス公との会話に集中するためだ。

「はい。スキルというのは特徴みたいなものです。例えば私は髪も赤く、火の魔法が得意です。ですので、スキルは『炎の魔法の使い手』となっています」

「へぇー。それがあると何か違うのか？」

グス公の赤い髪をじっと見ると、さりげなくグス公は地面に目を向ける。……目ぇ合わせようとしたわけじゃねぇよ。

「スキルというのは、自分の意思で決まるわけじゃないんです」

ん？　待てよ？　ってことは、俺がチビ共と仲が良いのは……。

「俺がチビ共と仲良くなれたのは、スキルのお蔭《かげ》ってことか？　まじかよ、やっとダチになれる奴と出会えたと思ったのによぉ……」

「それは逆ですね」

「逆？」

グス公は、がっかりしている俺に優しく言い聞かせるように話してやがる。気ぃ遣ってくれてんのか？　なんか、初めてこいつをすげぇと思ったぞ。

「例えば殺人を犯すような人に、スキルで『正義の心』とかは芽生《めば》えません。あくまで本人の資質がスキルとして現れるんです。それに精霊が見えることと、精霊と仲良くなれることは別だと思いますよ」

「ってことは、だ。俺が仲良くなれたのはスキルのお蔭《かげ》じゃなくて、俺の資質ってことか」
「そうなりますね」
おっしゃあああああああああ‼　あんだよ！　それだけ分かれば十分だ！　いやー
まじで良かったわ！　今の俺ならなんでもできるぜ！　それくらいテンション上がってき
やがった！
「ですが……」
「あ？　今いい気分なんだからよぉ、水差すんじゃねぇよ」
グス公は地面を見つめたまま、静かな声で言った。
「いえ、そのスキルのことは隠したほうがいいと思います」
別に言い振らす相手なんていねぇからいいんだが、グス公の顔はマジだな。何か理由
があるみてぇだ。
「前にも言いましたが、普通の人に精霊の姿は見えません。零さんに精霊が見えるなんて
分かったら、利用しようとする人がたくさん出てくると思います」
「利用？　案内しろとかか？」
別に、そのくらいなら構わねぇが。なんかまずいのか？
「いえ、零さんを使って精霊と契約しようとしたり、ですね。無理矢理にでも契約してし
まえば、その人は強い力を持つことになりますから」

「ああああああああああ!?　チビ共に無理矢理だと!?　ぶっ殺すぞ！　どこのどいつがだ!!」

「待って待って待ってください！　例えばの話ですからね!?　でも、そういう人もいるんです！」

「……ちっ。ふざけやがって」

俺が思ってる以上に精霊ってのはすげぇらしいな。こいつらを利用か……ん？　精霊？誰が精霊だって？　まさか……。

「おい、このチビ共って精霊なのか？」

「私には見えませんが、特徴を聞く限りそうだと思いますよ？」

「でもよぉ、燃え盛《さか》ったりしてねぇぞ」

「たぶん、大げさに広がっていたんでしょうね……。零さんの話を聞くと、精霊はとっても可愛いみたいですから。精霊を研究している人たちが、強い力をもつ精霊にやっぱり威厳とかそういうのを求めたんじゃないですかね」

面倒くせぇなぁ。威厳とかどうでもいいだろ。こんなに可愛いこいつらに何の文句があるんだ。

まぁ、そんな奴らとはチビ共も仲良くなりたくはないわなぁ。

ふと見ると、チビ共は両手を腰に当てて胸を張っていた。もう威厳は十分だろってことか？　やっぱ可愛いな。撫《な》でてやんよ。

「はぁ、それにしても……どうしましょうか」

溜息をついて、グス公は焚《た》き火《び》をじっと見つめた。

「どうするって、何がだ？」

「いえ、私はどうやって精霊と契約をすればいいか分からなくなってしまって」

どうやって……って言われてもな。つまりは仲良くなりゃいいんだろ。

「お前と仲良くなりてぇ奴がいるか聞いてやろうか？　無理矢理じゃなければいいんじゃねぇか」

グス公は何か悩んでやがる。問題でもあるのか？

「でも、それは零さんの力ですよね？　やっぱり自分の力で仲良くなる方法を考えないといけないかなって。零さんに言われたから契約した……それじゃぁ納得できませんし、精霊も可哀想《かわいそう》じゃないですか」

その言葉に、俺は少しばかり感動した。こいつ、ちゃんと考えてるんだな。

「グス公、おめぇいい奴だったんだな」

「今さらですか⁉　私、最初からすごくいい人だったと思うんですけど！」

「いや、計画性のない我《わ》がまま馬鹿だと思ってたわ」

「むぐううううう！」

ははっ。チビ共も笑ってやがる。

よく分からねぇけどよ、グス公ならチビ共と契約できんじゃねぇか？　俺には応援してやることしかできねぇけどな。

「とりあえず今日はここで休みましょうか。明日から、頑張って精霊と仲良くなってみます！」

「おう。何か手が必要だったら言えや。できることはしてやるぜ」

「はい！」

っつーことで、今日は寝ることにした。

チビ共はたくさんいるしな。これだけいりゃ、どいつかがグス公と契約してくれるだろ。すぐ終わるな。


――って思ってたんだけどなぁ。

もう昼過ぎだが、一向に進展はねぇ。

「精霊さーん、出てきてくださーい。私と仲良くしませんかー？」

グス公は半泣きでうろうろしてやがる。傍目《はため》に見てると、めちゃくちゃ怪しい。だが、頑張ってるのを知ってるだけに何も言えねぇ。

うろうろうろうろ……。あ、崩《くず》れ落ちた。

このまま放っておいたら、泣きながらギャーギャー騒ぎだすかもしんねぇ。

いったん、休憩が必要だな。俺はグス公の蹲《うずくま》っているところまで行って声をかけた。

「お、おう。とりあえず用意ができたからよ。少し遅いけど飯にしねぇか？」

「はい……」

洞窟の中に戻り、グス公に飯を渡す。

すると、ぐすぐす泣きながら食い始めた。正《まさ》にグス公だな。

それにしても、見えねぇもんと仲良くするかぁ。俺にも何かできることがあればいいんだけどよぉ。

「なぁ、好きなもんでも聞いてやろうか？　お前はどのチビと契約してぇんだ？」

「うぅっ……私は火の精霊と契約したいんです。好きなものを聞いてもらってもいいですか？」

グス公はぼろぼろ涙をこぼしながら答えた。

分かったから、そんなに泣くなって。いたたまれねぇな。

火の精霊なぁ……マッチみたいなチビに聞いてみっか。

俺は火の消し跡の側《そば》にいる、マッチの被《かぶ》り物をしたチビに話しかける。

「おう。お前好きなもんあるか？　あるなら教えてくれっか？」

ん？　なんかこう手をくるくると、丸？　えーっと……あ、火か？

「火が好きってことか？　火の精霊だもんな」

お、首を縦に振ってやがる。合ってるみてぇだ。

「何か分かりましたか……？」

顔を上げたグス公の目からは、まだ涙が流れていた。おいおい、聞いてやってんだから泣きやめって……。

「だから泣くなって。火が好きだって言ってんぞ」

「火ですか！　分かりました！　火を出してみることにします！」

「おう。気をつけてな」


それからグス公は火を出してみたり、焚《た》き火《び》をしてみたり、火を打ち上げてみたり……。

結局、どれも効果はなかったみてぇだ。チビ共は大喜びなんだけどなぁ。

色々試しているうちに、夜になっちまったよ。

仕方ねぇから、夕飯を食って今日は終わりにすることにした。

「私は駄目なんです。駄目人間です。一人前にはなれないんです。生きている価値もないんです」

グス公は完全にへこんでやがる。参ったなぁ。

俺は頭を掻《か》きながら、チビ共の方を見る。

「うーん。なぁお前ら、グス公のこと嫌いか？」

ん？　首を横に振ってんぞ。そんなことないみてぇだな。なら、なんでだ？

「えーっとなぁ。契約したくねぇみたいな理由があるのか？」

これにもみんな首を横に振った。そういうわけでもねぇみてぇだなぁ。じゃあどういうことだ？

……あぁ？　俺？　なんでチビ共は俺を指差してんだ？　俺に何かあるのか？

「俺が何かしちまってるのか？」

あれ、一斉に頷いてやがる。え？　俺が悪《わり》ぃのか？　なんでだ？　俺は何もしてねぇだろ。

「零さん、何か分かりましたか？」

グス公は俺の服の裾《すそ》を引っ張って聞いてきた。

まだぐすぐす言ってやがる。本当に気の毒だ。しょうがねぇ、本当は言いたくねぇが、分かった通りに伝えるか。

「あ、あぁ。なんか俺が悪《わり》ぃみたいだ」

「え？」

「おう……」

「えええええええええ!?」

いや、落ち着けグス公。俺にも何がなんだか分かってねぇんだ。だからそんな恨《うら》めしそうな顔で見るんじゃねぇ。

っと、なんだ？　見たことねぇ奴が焚《た》き火《び》に近づいて来やがったな。

「おい、グス公。新入りの火の精霊が焚《た》き火《び》につられて来てるぞ！　チャンスなんじゃねえか⁉」

「本当ですか⁉　どこですか⁉　私、今なら焚《た》き火《び》に顔だって突っ込みますよ⁉」

「いや、それはやめておけ。こいつだこいつ」

俺はチビを摘《つま》み上げてグス公に見せた。

「見えません……」

「だよな……」

またぐすぐす言い出した。流石《さすが》に俺のほうが限界だ。面倒くせぇったらありゃしねぇ。

こうなったら、新しく来たチビに頼んでみるか。

「な、なぁ。その赤いのはグス公って言うんだけどよ。悪《わり》ぃ奴じゃねぇんだ。仲良くしてやってくれねぇか？」

俺はいつも通り頭を撫《な》でながら聞いた。

お、どうやらいいらしい。首を縦に振ってやがる。

「そうか、ありがとな！」

俺はいつものように指先を突き合わせようとしたのだが――それを、グス公は見逃さなかった。

「零さん、それ何をしているんですか？」

「あ？　いや、こいつらと仲良くするコツってぇのかな。頭撫《な》でてやった後に指先を合わせんだ」

「それですよおおおおおおおおおおおお！」

え？　なんだ？　これが駄目だったのか？　何がだ？

グス公は地面をバシバシ叩きながら力説する。

「指先を突き合わせるのは精霊との契約なんです！　だから私と契約してくれなかったんですよおおおお！」

「つまり……？」

「零さんと契約しているから、私と契約したら二重契約になっちゃうじゃないですか‼」

あー。そういうことか。早い者勝ちだったわけだな……。

知らなかったとはいえ、悪かったな。まぁでも、原因が分かったらもう大丈夫じゃねぇか？

その後、新入りの火の精霊はグス公と仲良くなって無事契約をした。

別に精霊は絶対に人間に見えねぇわけじゃないらしい。今回は俺が頼んだことや、一緒にいたことでグス公に姿を見せてくれたみてぇだな。

グス公はすごく嬉しそうにしていた。やれやれ、これで一応目的は達成したってわけだ。

俺の力を借りないとか言ってたが、俺が悪いから帳消《ちょうけ》しらしい。どういうことだ。

その後、グス公は上機嫌のまま疲れて寝ちまった。

契約もできたし、グス公の手伝いもこれで終わりだ。

俺はこれからどこに行けばいいんだろなぁ。明日、グス公に相談してみっか。

そんなことを考えているうちに、俺は眠りに落ちた。

第十話　あぁ？　喧嘩は先手必勝だろうが

朝、当然のようにグス公は起きていなかった。

こいつ自分で起きるつもりがねぇんだろ。明らかにこないだのも俺のせいじゃねぇよな。

俺は腹いせに、チビ共と葉っぱの汁《しる》を使って、グス公の寝顔に歌舞伎《かぶき》の化粧のような文《もん》様《よう》を描いてやった。ざまぁみやがれ。

「うへへへ。だめですよぉ、精霊さん……そんなにたくさん契約できませんよぉ。並んでください、順番にお願いしますぅ」

完全に寝ぼけてやがるな。

さて、飯もできたしそろそろ起こしてやるか。

「おい、グス公起きろ。朝飯だ」

肩を揺すってみるが、何の反応もねぇ。やれやれ、優しく起こしてやるのも大変だな。

「グス公起きろ。また寝坊だぞ。涎《よだれ》垂れてんぞ」

「涎《よだれ》なんて垂らしません！」

起きた。やべぇ勢いで起きた。少しビビッたわ。そんなに涎《よだれ》に抵抗があったのか……。

「……あれ？　あ、おはようございます」

「お、おう。おはよう」

にこやかに、優雅《ゆうが》に挨拶してやがる。顔は歌舞伎《かぶき》役者だけどな。態度と顔の違いに笑っちまう。

笑うのを耐えてるのに、腹痛《いて》ぇわ。

「なんで顔を逸らしてるんですか？　大丈夫ですよ、目なら合わせませんから！」

「と、とりあえず飯の前に顔でも洗ったらどうだ？　くっくっく」

「？　そうですね、顔を洗ってきます。少し待っていてくださいね」

おう、てめぇの顔をよく見て洗ってこい。

——十数秒後、グス公の絶叫が森に響き渡ったのは言うまでもねぇな。

「ひどいですひどいですひどいです」

飯を食いながら、グス公がまたぐすぐす泣いてやがる。

ちょっとメイクしてやっただけだろうが。

「まぁ、そういうこともあるだろ。あんまり気にするなよ？」

「それ、やったほうが言うことじゃないですよね!?」

グス公がグチ公になったたな。本当面倒くせぇ。

だが機嫌悪くても食欲は旺盛《おうせい》らしく、ぱくぱく食い続けてやがる。

とりあえず、今後の話を進めるか。

「でよぉ、お前の目的だった精霊との契約はできたわけだろ？　これからどうすんだ？」

「話逸らしてますよね？　絶対忘れませんからね！　……まぁそれは置いといて、私は王都に戻るつもりです」

「嘔吐《おうと》？　具合でも悪《わり》ぃのか？　横になったほうがいいんじゃねぇか？」

確かに、グス公はさっき飯を一気にかっこんでたからな。食い過ぎってとこか。

「そっちじゃありません！　王都です！　キングダム！」

王都？　王都なぁ……え？

「王都？　は？　城とかあるのか？」

「そりゃ王都ですから、当然ありますよ」

グス公は、ハンカチで口を拭《ふ》いた。やっぱり食い過ぎてたんじゃねぇか。

それにしても城か……やべぇ、見てぇ。城ってなんか、わくわくするよな。中とか見学できねぇかな……。

「な、なぁ俺もその王都とかってのに行ってもいいか？」

そう言ってみると、グス公はハンカチを畳《たた》む手を止めた。

「あ、良かったです。こちらからは誘いづらいなって悩んでたんですよ」

「誘う？　俺が行ったほうがいい理由でもあるのか？」

「一応この大陸の中心ですからね。零さんがこれからどうするのかは分かりませんが、王都には色々ありますし、そこで過ごしながら今後の展望を決めるのもいいんじゃないかと思っていました。それに王都でしたら、私もお礼ができますし」

グス公も結構考えてくれてたんだなぁ。ちょっと感激するわ。

「あ、でも礼なんていらねぇわ。大したことしてねぇし、何よりお前の礼とか怖い」

「怖い⁉　怖いってなんですか⁉　怖いのは零さんの目じゃないですか！」

「あぁ⁉」

「こっち見ないでください！」

ちっ。なんかよぉ、このやり取りにも慣れてきたっていうか。ちょっと楽しくなっちまってるんだよなぁ。俺も単純なもんだ。

それにしても王都か……そういや、チビ共は王都に行くってことでいいのか？　聞いてみねぇとな。早速、チビ共に話しかけた。

「チビ共は王都とかってところに行くので構わねぇか？　もしあれなら、ずっと森でも俺はいいぞ」

っておい。話を聞く前から、荷造りしてやがる。俺より行く気満々だ。こいつら本当にノリがいいな。

「精霊たちはどうですか？　嫌そうなら無理強《むりじ》いはしませんが……」

「いや、行く気みてぇだ。てか、すでに準備が終わってる」

「えぇ!?　むううううう、私も見たい！　私には見えないのに、零さんはずるいです！」

周囲を見渡しながら、グス公は頰を膨《ふく》らませる。

あれ？　こいつ、精霊と契約したんだよな？　なんで見えてねぇんだ？

わけが分からねぇな。とりあえず聞いてみっか。

「お前見えねぇのか？　契約したんじゃねぇのか？」

「見えるのは契約した精霊だけです。契約していても、精霊に姿を見せる気がなかったら見えませんからね」

へー。なんか色々あんだな。俺にはどうでもいいけど。

俺は食い終わった器を洗いながら、話を進めた。

「じゃぁ、王都ってとこに向かうか。まずはどうすんだ?」

「はい。もう一度カーラトの町に行って、乗合馬車かなんかを使おうと思います」

「馬車か。乗ったことねぇんだよな。楽しみだ」

「え? 馬車に乗らないって、零さんの世界では何に乗っていたんですか?」

「それは町に向かいながら教えてやるよ。おら行くぞ!」

器をしまい、俺は少ない荷物を手に持って立ち上がった。

へへっ、わくわくしてきやがった。

「ま、待ってくださいよぉ!」

グス公は自分の荷物を慌ててまとめてやがる。今度はグズ公かよ……。


とりあえず俺らは前と同じように街道へ出て、町に戻る道を辿った。

道すがら、色んな話をした。まぁ大体俺の話だな。

乗り物の話をしてやったら、どうやらこっちでは車とか、そういう電化製品みてぇなもんもないみてぇで、グス公は面白そうに聞いていた。たぶん、想像もつかねぇから面白《おもしれ》ぇんだろう。

しばらく歩いていたら、ふと気づいた。今、あっちで何か動いてなかったか？

「そういえば気になっていたんですが、零さんは何体の精霊と……」

「こっちに来いグス公」

俺は木の陰《かげ》にグス公を連れ込んだ。

あいつらは確か、あの時の……。

「いや！　ケダモノ！　やっぱりそういう狙《ねら》いだったんですね！　信じた私が馬鹿でした！　私、そんなに軽い女じゃないんですから！」

「うるせぇ！　伏せてあっちよく見ろ！」

「え？　何かあるんですか？」

本当、この馬鹿の頭の中は一体どうなってんだ。警戒心もまったくねぇしよぉ。俺が気づいたのに、この世界の奴が気づかないってどうなんだ？　他の奴が見てくれるとでも思ってんのか？　どこぞのお嬢様かってんだ。

俺たちは木の陰から、ばれないように覗《のぞ》き見る。

「あれって、もしかして昨日のゴブリンたちですか？」

「ゴブリンって言うのか。三体いやがるな」

ちっ。面倒なとこで会っちまったな。他に町に向かう道はねぇみてぇだし、このまま隠れていても、じきに見つかっちまうだろう。やるしかねぇか……。

「ふっふっふ。零さん、ここは私に任せてください！　精霊と契約した私の魔法を見せて……って、零さん⁉」

「下がってろ」

俺ぁグス公を無視して、真《ま》っ直《す》ぐゴブリンとかいうのに突っ走る。

途中でこちらの足音に気づいたらしく、俺に向かって何かを構えた。やべぇ、ありゃ弓矢か？

だがすぐには撃《う》たず、こっちを見て笑ってやがる。あぁ、大体油断する三下《さんした》ってこういうことするよな。

馬鹿が、喧嘩《けんか》ってぇのは先手必勝だ。

「おらぁ‼」

俺はためらわず、走りながら手に持っていた鉄パイプをぶん投げた。

武器を手放すとは予想してなかったんだろうな。緑の奴らは防ごうとするが、くるくる回って飛んでいった鉄パイプが、うまいこと三体の顔面にぶち当たった。

はっ。横一列に並んでるなんて素人《しろうと》かよ。っと、一体すぐに起き上がりそうだな。

「ぐっ、ぐぎっ」

「っしゃぁ‼」

間髪《かんはつ》を容《い》れず、立とうとしていたゴブリンに走っていた勢いを乗せて、ドロップキックをかましてやった。おぉ、ゴムマリみたいに吹っ飛びやがったな。

さてっと。後は顔を押さえて蹲《うずくま》ってる二体だな。

俺ぁその場に落ちてる鉄パイプを拾って……二体をぶん殴る！

「おらおらおら！　往生しろやこらぁ‼」

「「ぐぎっぐぎゃっぐぎいいいいいいいいい‼」」

「あわわわわわわわわ」

ん？　なんか走って近寄ってきたグス公の声が聞こえた気がしたが……今は緑の奴らを殴るほうが先だな‼

で、まぁ数十発くらい殴ったとこで、二体は動かなくなった。これくらいやれば、もう二度と逆《さか》らわねぇだろ。

「ふぅ。いい汗かいたな」

「い、いい汗かいたな、じゃないですよ⁉　なんでまた突っ込んでるんですか⁉」

グス公はすげぇ剣幕《けんまく》で俺に詰《つ》め寄った。相変わらず、目は合わせねぇが。

それにしても、こいつは何を言ってんだ？　突っ込むのは当たり前だろ。

「あぁ？　喧嘩《けんか》は先手必勝だろうが」

「もおおおおおおおおおお！」

ちっ。素人《しろうと》はすぐにギャーギャー喚《わめ》きやがる。やったもん勝ちだろ。

あわわ

ん？　足元で何か光ってねぇか？

見てみると、三体のゴブリン共が光に包まれていた。

「お？　おぉ!?　おいグス公！　これはなんだ！」

「え？　消えるんですけど」

「消える!?　死ぬってことか!?」

「えっと、とりあえず見ててください」

おい、消えるってなんだよ！　くっそ怖《こえ》ぇんだが。グス公は全然慌てずに見てるけどよ。

うわ、光の粒子《りゅうし》になってまじで消えちまった。なんだよこれ。

「こんな風に、一定以上のダメージを与えると倒したことになって消えます。それでお金とかアイテムを落とすんですね」

「おいおい、何さらっと言ってんだよ。まじ怖《こえ》ぇんだが」

「倒れたモンスターを、殴りまくっていた零さんのほうが怖かったですからね!?」

やべぇわ。グス公を素人《しろうと》と勘違いしてたな。消えるの見て冷静とか、こいつ殺し屋だわ。

これからは距離を置いたほうがいいかもしれねぇな。

そう考えていると、チビがとてとてと歩いて俺へ近づいてきた。

「ん？　チビ共が何か拾ってきたな。金？　みたいのと……なんだこりゃ？　宝石か？」

「え？　ゴブリンの宝石って……。魔石じゃないですか！　これすっごく貴重なんですよ!?」

　グス公は、俺が摘んでる赤い石をじっと見つめている。

「へぇ、そうなのか。ならやるよ」

「ええええええええええええ!?」

　赤い石を手渡してやると、グス公は叫び声をあげやがった。

　いちいちうるせぇな。何騒いでんだこいつは。

「今、貴重って言いましたよね!?　これすっごく高いんですよ!?」

「おぉ、だからやるって。飯代とか色々出させちまったろ。それにこの後もまだ世話になりそうだからな」

「いや、そういう金額じゃなくてですね……」

「いいからとっとけ」

　面倒くせぇ奴だが、町とかこの世界のこととか教わって、グス公に助けられてるのは確かだしな。ちょっとした感謝のしるしってやつだ。

「私、零さんがどんどん分からなくなりますよ。はぁ……とりあえず私が預かっておきますね」

「おう」

　よく分からねぇが、グス公は色々気にしすぎなんだよな。

金なんかなくたって、俺は困ったら森に帰ってチビ共と暮らすから関係ねぇし。な？　チビ共もそう思うだろ？

俺が目を向けると、チビ共は頷いていた。

へへっ。やっぱり分かってやがるな。……ってあれ？　もしかしてこいつら、俺の心の中が読めてるのか？

俺はもう一度目を向けてみる。

今度は首を傾げてるな。気のせいか。

「とにかく、町はもうすぐです。今から行けば乗合馬車の時間にも間に合いますし、出発しましょうか」

「そうか。じゃぁ行くか」


俺らはさっさと町に向かい、乗合馬車にもタイミングよく乗り込むことができた。

おぉ、これが馬車か……ゆっくり流れる景色を眺めながら移動するってのもいいもんだ。

チビ共もはしゃいで、窓から外を見たり、飛び跳ねたりしていた。おい、落っこちるんじゃねぇぞ？

向かう先は王都。でっけぇ城が見れるとか、テンションが上がるよな！

第十一話　……聞いてやることしかできねぇぞ

俺とグス公は乗合馬車ってやつに揺られていた。

王都には三日くらいで着くらしい。あぁ本当にいい天気だな、くそったれが。

……と、なっている予定だったんだ。

だが、現実は違った。

グス公はぶっ倒れて、俺はチビ共と一緒に、グス公の顔やデコに濡《ぬ》れた布を当ててやっている。

どうしてこうなった。


――少し前。

馬車は想像以上にすげぇ揺れて、体が痛くてしょうがねぇ。チビ共はその揺れが楽しいみたいで飛び跳ねてるけどな。

何よりもだ、馬車内の空気が悪《わり》ぃんだよ。全員俺と目を合わせないようにしてやがる。

一応フード被《かぶ》って、気遣ってやってんのによぉ。

それにしても、なんでグス公もフード被《かぶ》ってんだ？

俺は小声で聞いてみることにした。

「おい。なんでお前もフード被《かぶ》ってんだ？」

「……」

返事はねぇ。寝てんのか？　このひっでぇ揺れの中で寝れるとか尊敬するぜ。ケツが痛くなりそうだ。

ガタン、と馬車が派手に揺れた。その拍子に、グス公が俺に寄りかかってくる。

ちっ。まぁ寝てんならしょうがねぇか。肩くらい貸してやるよ。

だが、グス公は寝てたわけじゃなかった。口元に手を当てて、ぼそぼそと言う。

「ぜぼざん……ずびばぜん……限界……でず」

「は？　お前何言ってんだ？」

「ばぎまず……」

「あぁ!?　おい！　馬車止めろ！」

俺がそう言った直後、グス公は窓から顔を出して呻《うめ》き声をあげた。

——そして今に至《いた》る。

「ったくよぉ。お前、ヤバかったんならもっと早く言えや」

あの後、俺らは馬車を降りて街道で休憩することにした。馬車に待っててもらうわけにはいかねぇし、あのまま乗ってたらグス公も悪化するだけだからな。

まだグス公の顔は青白《あおじれ》ぇし、呼吸も弱い。

「ずいまぜん……ご迷惑をがげだぐなぐで……」

「あぁ？　んなことで迷惑だとか思わねぇよ。いいからゆっくり休めや。ったく、王都が本当に嘔吐《おうと》になっちまったな」

グス公は気にしすぎだろ。チビ共くらい図太くだな……ってあれ？　こいつら何してんだ？

チビ共は葉っぱや実を器に入れてすりつぶしてる。なんか怪しげなもんを作ってるな。

俺の視線に気づいたのか、チビ共はグス公と器の中身を交互に指して、ごっくんと呑《の》むふりをした。

なるほど、グス公のための薬か。こいつらなんでもできるな。

俺は完成した薬をチビ共から受け取り、グス公の体を起こして呑ませる。

グス公は苦そうな顔をしたが、一気に呑んでまた横になった。

「……迷惑をかけたり、気を遣われたりしたくなかったんです」

「まだ言ってんのか。考え過ぎだろ。いいから寝てろ」

それからグス公は黙った。

何か聞いてやるべきだったか？　俺はこういうときにどうしたらいいかが分からねぇ。

話を聞いたとして……その後どうしたらいいんだ？

せっかくもらった第二の生。どうせならもうちっとマシになりたいし、変わりたいとか思ってたが、結局俺はこんなもんだ。

情けねぇ。俺にできることはグス公のデコに載《の》せた布を、なるべく冷たいままにするよう注意してやることだけだった。


二時間くらい経った頃か、グス公が起き上がった。

「すみません！　もう大丈夫です」

「おう。平気か？」

「はい。具合が悪いと、つい弱気になっちゃって……。でも、もう大丈夫です！」

空元気《から》だろうな。どっか無理してる感じが分かる。

俺もいつもこんな風に、強がって無理して生きてた。

でも、そうじゃねぇんだよな。頭では分かってるんだが……何を言えばいいってんだよ。

「今日はここで野営するぞ」

「あ、そうですね。もう夕方ですもんね」

「お前はそこでゆっくりしてろ。俺ぁチビ共と燃やすもんを集めてくる」

そう言って立ち上がると、グス公が見上げてきやがった。

「あの、言いたいことでもあんのか？

「あの、そんなに気を遣わないでも大丈夫ですよ？」

くそっ。気を遣っちまったんだろうか。それとも気を遣わせちまったんだろうか。

なんなんだよ……なんなんだよ、くそが！

「いいから休んでろ！　明日も倒れられるほうがよっぽど迷惑だ」

「あ……。そうですよね、すみません」

また謝らせちまった。俺は俯《うつむ》くグス公を見ながら考える。

これでいいのか？　本当に俺はこんなことを言いたかったのか？

……違《ちげ》ぇな。そうじゃねぇんだよ。

「ああああああああああああああああああ‼」

「ぜ、零さん⁉　どうしたんですか⁉」

「うるせぇ！　俺はな、こういうときにどうしたらいいか分からねぇんだよ！　だから聞いてやることしかできねぇし、何も上手いことは言えねぇ！　でもな、遠慮するんじゃねぇ！」

俺が言いたいことを言うと……ほら、呆《あき》れてグス公は黙っちまった。

余計に気まずいじゃねぇか。でも、どうすりゃいいか分からねぇんだよ。

「くそっ……悪《わり》ぃな、こんな奴でよ」

今の俺にできるのはグス公をその場に残して、枝とかを集めに行くことだけだった。

……つまり、俺は逃げたんだ。情けねぇ。


飯を済ませ、今日は休むことにする。それまでの間、グス公との会話はなかった。

俺も何を言ったらいいか分からねぇし、声をかけられなかったからだ。

だが横になってしばらく経った頃、グス公が話しかけてきた。

「零さん、起きてますか？」

「……おう、どうかしたか」

何となくまだ気まずくて、背中を向けたまま答える。くそっ、グス公の方を見ることもできねぇ。

「ありがとうございます」

「あぁ？　何を急に言ってんだ」

俺は起き上がって、グス公の方を見た。グス公もそれに釣られてか、同じように体を起こして、こっちを見る。

「少しだけ、私の話をしてもいいですか？」

「……聞いてやることしかできねぇぞ」

咳払《せきばら》いをして胡座《あぐら》をかく俺を見て、グス公は微笑んだ。

俺は気まずくて、鼻の頭を掻きつつ横を向いた。

「はい。……私には二つ上の姉がいます。とても優秀な姉です。いつも比較されていました」

……うちの妹もよくできた奴で、俺は迷惑をかけっぱなしだった。

なんか嫌なことを思い出しちまった。あいつは元気にやってんのかな……。

「姉にはできることが、私にはできません。いつもそういう目で見られていました。なのに、周りは気を遣ってなのか……私には何も言わず、こっそり噂していました」

「くそみてぇな奴らだな」

噂っつーか、単なる陰口《かげぐち》じゃねぇか。

だが、俺も似たような経験があるし、グス公の気持ちも分かる。最初のうちはコソコソ話してる奴をぶっとばしていたが、面倒くせぇから無視するようになった。

「ふふっ。そうですね、そうかもしれません。でも私は自分が悪いと、いつもそう思っていたんです。だから、精霊と契約するために旅に出ました。契約すれば一人前の魔法使いになれます。少しでも認めて欲しかったんです」

認めて欲しい、か。それも分かる。

俺も認めて欲しかった。みんな俺にビビッて近づこうとしねぇ。そういう奴がいたとしても、勝手なことばっか言って俺を利用しようとしているだけだった。

誰も俺を理解しようとしねぇ。自分の場所なんてねぇ。だから認められる場所が欲しかった。

……まぁ、それは俺の思い込みで、実は俺を嫌ってない奴、ちっとは慕《した》ってくれてた奴もいたって、死んでから知ったけどな。

今のグス公は、死ぬ前の俺にどっか似ていやがる……。

「私は、帰ったら褒めてもらえるんでしょうか……?」

俯《うつむ》いたグス公はぽつりと呟いて、目元を拭《ぬぐ》った。

……褒めてなんかもらえねぇよ。周りの奴は、お前の悩みなんて分からねぇ。お前が頑張ったことだって、他の奴と比較するだけだ。

でも、俺はグス公が認められて欲しいと思った。褒められて欲しいと思った。こんなの、おかしいじゃねぇか。

俺はこの世界に来て初めて、本当にやりたいことが見つかった気がした。

握った拳に、力が入る。

俺は、どう伝えればいいかも分からなかったが、思うままに言葉を吐き出した。

「褒めてもらえるかどうかは分からねぇ。でもな、そんな奴らの言うことを気にするな。グス公はモンスターに襲われたり、精霊を探したり、俺みたいな奴と一緒にいてくれたり……すげぇじゃねぇか。他の奴が認めなくてもな、俺がお前を認めてやる。お前を馬鹿にする奴は、全員俺がぶっとばしてやる！……だから、泣くんじゃねぇよ」

ガラにもねぇことを言っちまった。気恥ずかしくなって、俺はグス公に背を向けて寝っ転がる。

よく考えもせずに言うもんじゃねぇな……。

「はい……ありがとうございます」

グス公はそれで寝たみたいだった。話せて満足したのかもしれねぇ。

……でも、俺は違《ちげ》ぇ。

俺はこいつのために何かしてやりたい。

グス公は認められるべき人間だ。前に生きていたときに全部を諦めていた俺と違い、グス公はこんなに頑張っているじゃねぇか！　なら、認められてもいいだろ！

……それにグス公がなんとかなったら、俺も変われるんじゃねぇか？　そんな気がする。

だが、認めさせるといっても、俺だけの力じゃどうにもならねぇ。そんなことは十分分かってる。だから、俺は小声でチビ共に話しかける。

「チビ共。俺はグス公の力になりてぇ。手伝ってくれっか？」

チビ共は俺の意見に賛成みてぇだった。なぜかジャブを連発してる奴もいる。いや、暴力に訴えるのはどうかと思うぞ？

……とりあえず、俺とチビ共の意見は一致した。大丈夫だ。きっとこいつらと一緒ならやれんだろ！

俺はその後もチビ共と色々相談をしていたが、段々と迫《せま》ってくる眠気《ねむけ》に勝てず、意識が落ちていった……。


「零さん朝ですよ！　ご飯できていますよ！」

「うお!?　朝!?　どこだここ!?」

俺は耳元で出された大声に驚いて、飛び起きた。

そして咄嗟《とっさ》にファイティングポーズをとる。……足元を見ると、チビ共も同じようにファイティングポーズをしていた。やる気満々じゃねぇか。

「いや、寝ぼけすぎですよ。今日は私が朝食をご用意させていただきました！」

そうか、朝か。あのまま寝ちまったんだな。

俺はそこでやっと、ファイティングポーズを解いた。そしてあくびを一つし、周りを見渡してみた。

うんうん、グス公もチビ共も元気一杯だ。

……あれ？　チビ共は昨日の夜、俺と一緒に起きてたよな？　こいつら、もしかして俺より体力あるんじゃねぇか？

……まぁいいか、とりあえずは飯だ。……飯？

「グス公、これはなんだ？」

俺は目の前に置かれた器の中身を指して言った。

チビ共が、両手で頬を押し潰している。やべぇ感じがビンビンするな。

「スープです！」

スープ？　ドロドロしていて緑色のこれが？　何が入ってんだ？

……やべぇ、今、悪寒《おかん》が走ったぞ。

いやだって、チビ共が青い顔で首を横に振ってるぞ。頭が取れてそのまま飛んでいっちまうんじゃねぇかってくれぇの勢いだ。これ、絶対やべぇだろ。

……皿の上にも、なんか変なものが載っかってんな。

「こ、この黒いのはなんだ？」

「パンです！　カリカリが好きだと零さんが言っていたのを思い出して、焼いておきました！」

なるほど、この消し炭《ずみ》はパンか。そうか……。

俺はスープ（？）を一口飲んだ。

そのまま、無言で鍋を引っ繰り返す。

「あああああああ！　何するんですか⁉　頑張って作ったのに！」

「うるせぇぇぇぇぇぇぇ！　ざっけんな！　てめぇ料理とかしたことねぇだろ‼」

「……ありますよ」

「なんだ今の間は！　正直に言いやがれ！」

「ううううう、いつも零さんの見ていましたもん！　できますもん！」

駄々っ子か、この馬鹿は。

てか、なんか舌がピリピリしてんだが。ゴムとかヘドロみてぇなもんを口に入れた、さっきの感触が残ってやがる。本当にやべぇ。吐かないで耐えられてることが奇跡だ。

そこで、チビ共がなんか丸いのを俺に差し出してきた。

「あ？　チビ共なんだそれ？　薬か？　悪《わり》ぃな」

「薬⁉　薬ってなんですか⁉　私のスープは毒ですか⁉」

どう考えてもそうだろ。俺を殺す気だったとしか思えねぇぞ。

俺はチビ共の薬を口に入れ、呑み下《くだ》す。ふぅ……これでマシになるかな。

料理ができねぇ奴ってのは、どうしてこうなんだ。

俺んちは親が共働きだったせいで、自分で飯を用意するしかなかったからな。最低限はできるようになってて良かったってことか。感謝するわ。

「おい、グス公」

「なんですか。もういいですよ、私なんて……」

グス公は俯《うつむ》いて、自分の器に入っているスープ（?）をスプーンでかき混ぜている。いじけてやがんな。面倒くせぇ……ったく。

「次からは一緒に作るぞ。俺だって難しいことはできねぇけどな」

「え？　もしかして、教えてくれるんですか？」

死にたくはねぇからな——という言葉が喉元《のどもと》まで出かかったが、俺はギリギリ耐えた。

本当にギリギリだ。自分を誉《ほ》めてやりてぇ。

「でもですね？　私、初めてにしてはうまくできたと思うんですょ」

「うるせぇ、殺すぞ。てか俺がお前に殺されるわ」

「ひどくないですか⁉」

グス公が器を勢いよく地面に置いたせいで、中身がこぼれて草や土にかかった。

……うぉ、草がすげぇ勢いで萎《しお》れてやがる。本当に毒じゃねぇか。除草剤《じょそうざい》も真っ青だな。

グス公はそれに気づかねぇで「私のスープが……」と言って、地面を恨めしそうに見ていた。

だが俺は、笑っていた。

「ったくよぉ」

なんかよぉ、笑っちまうよな。なんだか分からねぇけど、笑っちまう。

「何笑ってるんですか……。自信作だったのに」

「ははっ。まぁゆっくりやってこうぜ。料理がうまいほうが嫁《よめ》の貰《もら》い手も増えるんじゃねえか」

「嫁⁉　いきなり口説《くど》くのはやめてください！　……ま、まぁでも零さんがどうしてもと言うなら少し考えてあげますけど」

目は合わせねぇまま、上目遣《うわめづか》いでこっちを見てやがる。

調子に乗んなよ、こっちからお断りだ。

「いや、飯も作れねぇ奴はごめんだわ」

グス公はギャーギャー喚《わめ》いてる。チビ共と俺は笑ってる。

とりあえず、できることをやってくしかねぇよな。

まずは鍋と食器を洗って、朝飯を作るところからだな！

第十二話　てめぇは箱入り娘か‼

街道を進む。進んでるんだ。

王都に向けて進む。進まないと着かねぇから。

なんだけどなぁ……。

「なぁ、グス公」

「む、無理です。もう……歩けません……」

「てめぇは箱入り娘か‼」

俺たちは、あんまり進んでいなかった。

今日も野宿、昨日も野宿。

あれ？　よく考えたら、俺こっちの世界に来てからほとんど野宿してねぇか？

金もねぇし、別にいいんだけどよぉ……。

「お前よぉ」

「ううっ。体力がない箱入り娘です……」

俺たちは、街道から少し外れた草の上に座っていた。

どうやら反省はしているみてぇだな。

だけど、こいつどうやって最初会った場所まで来たんだ？

馬車も駄目、歩く体力もねぇ。辿り着ける気がしねぇんだよなぁ。

「なぁ、お前どうやって初めに会った場所まで来たんだ？」

「えっと……カーラトまでは馬です。そこからは、森を探して休みながらマイペースに歩きました」

「馬？　馬なんてお前が連れてるとこ見たことねぇけどな」

「あ、それはですね……」

「食ったのか」

「実は先に家へ戻らせて……食べてませんからね⁉」

とりあえず馬は無事らしい。てっきり食おうとして消し炭にでもしちまったのかと思ったがな。

良かったな馬。命が助かったぞ。

「もう！　家に戻らせちゃったんです！」

「帰りはどうするつもりだったんだ？」

「うっ……。考えてませんでした」

グス公は顔を背けた。

本当にこいつは、何も考えてねぇな……。

「馬鹿だな」

「うううう！　でもエサ代もかかりますし、ずっと連れて歩くわけにもいかないじゃないですか！　馬の世話だって大変なんですよ⁉　それに、馬車があんなに揺れるとは思わなかったんです！」

まぁ確かに馬を連れ歩くのは大変なんだろう。でも、馬車が揺れるのを知らないってのはどういうことだ？

馬には乗れるけど馬車が揺れるのは知らない？　こいつ、一体どういう生活してたんだ。

グス公のことは色々教えてもらったが、謎ばっかだな。

「まぁいいか。お前だって、焦《あせ》って王都に戻らないといけない理由はねぇんだろ？　しょうがねぇから、ゆっくり行こうぜ。だらだら進むのは焦《じ》れったいけどな」

「そうですね、旅を楽しめていいですよね！　次の町までもうすぐですし、そこから王都までは一日くらいの距離ですから大丈夫ですよ！」

まぁ、旅は気楽に行くに限るのかもしれねぇ。だが、グス公に言われるのは釈然《しゃくぜん》としねぇな。

とりあえず俺は、グス公の頭をはたいておいた。

「いたっ。何するんですか！」

「お前なんか、遠慮とかなくなってきてねぇか？」

「え？　零さんには色々話しちゃいましたし、迷惑かけちゃってもいいかなって」

これはあれか？　信用されてるってことか？　なんか、もじもじしてるけどよぉ。

チビ共、どう思う？　……って足元を見てみたんだが、なんでお前らは顔を手で隠して、ちょっと赤くなってんだ？　グス公の真似か？

「わけ分かんねぇな……」

常識人が欲しいわ。俺みたいな奴な。

俺らは慣れた手つきで野宿の準備をして寝て、朝は起きたらグス公に飯の作り方を教える。

これが驚いたことに、教えたらちゃんとできるんだ、こいつ。

ただ、ちょっと目を離すと勝手なことをしようとするけどな。

「このほうが美味《おい》しいと思うんです！」とか言いやがるんだが、入れようとする材料は見たこともねぇ草だったり、ゲル状の何かだったり、とんでもねぇもんばっかだ。

ったく、何度頭を叩けば、勝手なことをしないって覚えるんだ？　こいつは……。

んでまぁ、また歩くわけだ。とりあえず王都手前の町に向かってな。

で、少し歩くと昨日と同じ展開だ。

「零さん、少し休みませんか？」

「……」

「休憩って大事だと思いませんか？」

「……」

無言で俺は歩く。この流れは昨日も見てるからな。

「あぁ！　もう足が棒みたいに！」

「……」

「もう……駄目です……」

「……」

「零さああああああん！」

「うるせえええええええ！」

結局小休止だ。今日も辿り着ける気がしねぇ。

チビ共は、今度は湿布《しっぷ》くせぇ何かを作ってる。塗《ぬ》り薬だろう。

こいつらと薬屋とかやったら、ボロ儲《もう》けなんじゃねぇか？　この案はありだな。今後のためにもしっかり検討しておこう。

「ううう、足が痛いです……」

座り込んで足をさすっているグス公に、俺はチビ共からもらった薬を渡した。

くっせぇな。臭《にお》いがやべぇ。

「おいグス公。これ塗っておけ」

「え？　うわ、これすごい臭《にお》いが……なんですかこれ？」

鼻を遠ざけて、グス公は薬をじっと見つめた。

その気持ちは分かる。だが、チビ共の厚意を無下《むげ》にするようなら、ぶん殴ろう。

「疲れたときとかに使うと効果があるんだ。我慢してしっかり足に塗っておけ」

「本当ですか！　分かりました！」

ニコニコ笑いながら塗りだした。でもたまにひどい顔をしてるのは、臭《にお》いのせいだな。

急いでねぇとはいえ、人に合わせて歩くってのは中々大変なもんだ。

俺について歩いてたチビ共も、苦労してたのかもしれねぇなぁ。

こっちの世界に来てから、本当に色々考えるようになった。いや、元の世界で何も考えてなかっただけかもしれねぇ。

でも、良い方向に変わってる――そんな気がする。

「零さあああああん」

そう、良い方向にだ。これからはチビ共だけじゃなくて、もっと色んな人と仲良くなってだな。

んで、常にダチとかそういう奴と……。

「零さんってば！」

「うるせぇ！　何か用か！」

服を引っ張られて、俺はグス公に振り向いた。

俺がちょっといいことを考えてたときに、邪魔しやがって！

「いえ、そのおじさんが荷台に乗せてくれるって言ってますよ」

「あ？」

そこにはいつの間にか、おっさんと、荷台を引っ張る馬がいた。

どうやら農作業かなんかの帰りみてぇだな。それをグス公が引っかけたってことか。

やるじゃねぇか。

俺らはおっさんの言葉に甘えて、荷台に乗せてもらうことにした。どうやら俺たちが向かっている町まで戻るとこだったらしい。

乗り物酔《よ》いするグス公には、とりあえずチビ共特製の酔い止めの薬を呑ませる。

荷台は一番前に座れるような段差があって、おっさんを挟んで両側に俺とグス公が乗り込んだ。

この野郎、俺に文句を言われないためにおっさんを間にしやがったな……。

そんなことにはまったく気づかないおっさんは、俺たちが乗ると、すぐに馬を出発させた。

「すみません、ありがとうございます」

「いやいや、どうせ帰るとこだったからね。王都に行くのかい？」

「はい。そのつもりです」

どうやら二人は会話が弾《はず》んでるみてぇだ。俺は完全に乗り遅れて、話題に入れねぇ。

こういうとき、どうやって会話に入るんだ？　くそっ。タイミングタイミング……。

「そちらの方は護衛かな？　最近はモンスターも頻繁《ひんぱん》に出て物騒《ぶっそう》だからね」

タイミング……ここだ！

俺はチャンスを得たとばかりに口を開いた。

「あぁ、そん……」

「はい。そんな感じです。こう見えて強いんですよ」

「……おいグス公！　今のは俺が答えるとこじゃねぇのか⁉」

「ひっ、なんで怒っているんですか⁉」

おっさんの向こう側にいるグス公へ文句を言うと、おっさんがすげぇ勢いで頭を縮めて小さくなった。

「あぁ、ほらもう……おじさんが怖がっちゃってるじゃないですか。零さん、怒鳴らないでください」

俺が悪いのか？　え？　今のは俺が悪いのか？　グス公から出るこの「空気読んでください」ってオーラはなんなんだ？

俺が悪いのか……。

「零さんは目つきが怖いですけど、本当はとてもいい人なんです。だから怖がらないであげてもらえますか？」

おっさんは恐る恐るって感じで俺の方を向いた。目は合わせてくれねぇけど。

「あぁ、そうなのか。すまなかったね、怖がってしまって」

やべぇ、グス公が天使に見えるわ。ちゃんと失敗した俺のフォローもしてくれやがる。

やっぱり空気を読む練習ってのが必要だな。でも、どうやりゃいいんだ？

チビ共は俺の肩に手を置いて、「元気出せよ」みたいな顔をしている。

あれ？　もしかして、この中で俺が一番ダメな奴なのか……？

そんな俺の気持ちも知らずに、グス公とおっさんの会話は弾んでる。俺はチビ共に慰《なぐさ》められている。なんだこれ。


そんなこんなで町に到着。おっさんのお蔭《かげ》で、すげぇ早く着いたな。

グス公もチビ共の酔い止めの薬を呑んでいたせいか、絶好調みてぇだった。

「ありがとうございました」

「お、おう。世話になったな」

俺らは二人して頭を下げる。やっぱ礼儀ってのは大事だよな。

「はははっ。いやいや気にしないでくれ。どうせ通り道だったからね。それでは良い旅路を」

おっさんはそのまま町の奥に向かおうとした。

それを引き止めたグス公がおっさんに「お礼です」と金を渡してるのを見て、俺にも何かできねぇか考えたんだが……大したもんは持ってなかった。

だから、チビ共にもらった疲労回復の軟膏《なんこう》を渡してやった。おっさんは匂《にお》いを嗅《か》いですげぇ顔をしていたが、他にあげられるもんがねぇんだよ……。

別れを済ませ、町の大通りに消えていくおっさんを見送る。

「さて、今日は宿に泊まって、明日の朝に出発しましょうか」

「おう。野宿じゃないってのも悪くねぇな」

久々に布団に寝られるってのも、少し嬉しい。金はねぇが、グス公のせいで到着が遅くなったわけだし、宿代くれぇはいいだろ。

「私は野宿も好きですけどね。星が綺麗《きれい》じゃないですか！」

「天気が悪かったらどうなんだ？」

「そういう嫌なことを言うの、やめてください！」

たわいもない話をしながら、宿に向かう。宿ではさっくり部屋をとって、俺らは食材や日用品の買い出しをした。

飯も済ませ、久々に風呂も浴びた。あとは寝るだけだ。

明日は王都かぁ。城の中を見学させてくれねぇかなぁ。宝物庫とか見てみてぇ。

やっぱすげぇ武器とかそういうのがあるのか？　テンション上がるなぁ、おい！

俺は完全に浮かれていた――まさか王都で、あんなことになるとは思ってなかったからな。

第十三話　自信あるぜ、悪徳商人の娘だろ

壁だ。でっけぇ壁。

その目の前の壁の中央に門が見える。すげぇ数の人が並んでるな。門の向こうには、町と城があるみてぇだ。

俺たちは、ようやく王都ってやつに辿り着いた。

「零さん、あそこが王都です。オルフェン大陸の中心、オルフェン王国の王都オルフェです」

「おう、でけぇな……」

俺のいた世界にも、高けぇビルとかはあった。

だが、でっけぇ壁はなかった。すげぇ迫力。

「あれ? もしかして零さん、えーっと……そう! ビビビッてますか? 結構田舎《いなか》者だったんですね」

「あぁ? ビビッてるわけねぇだろ。後、俺の真似してるのかもしれねぇが、『ビ』が一個多いぞ」

グス公は「ビビッた」とか「ビビビッた」とか繰り返し呟いてるが、よく分からなくなってるみてぇだ。

無理な話だが、俺を田舎者呼ばわりしたグス公に車でも見せてやりてぇな。たぶんものすげぇビビるんじゃねぇか?

「まぁ、とりあえず行くか。なんか門にすげぇ行列できてるしよぉ。さっさと並ばねぇと時間ばっかりかかっちまいそうだ」

「あ、大丈夫ですよ。こっちです」

グス公はそう言うと、突然歩き出した。

は？　こいつ並ばないで何してんだ？

「あ？　いや、おいちょっと待てって」

なんだこいつは、俺の話も聞かねぇで勝手に門の方に向かいやがる。

本当に常識ねぇな。頭でも引っぱたくか？

「おい、話を聞けって……っと。おい、急に止まってんじゃねぇよ」

門の前で急に立ち止まった。それだけならいい。

なんだ？　深呼吸か？　なんかぶつぶつ呟いてるが……。

「よし！　行きましょう！」

「お、おう？」

わけが分からねぇな。「大丈夫大丈夫」って言ってた気がするが。

グス公は俺にフードを被《かぶ》ってその場で待ってるように言うと、一人で門番みたいのに話しかけに行った。

一体なんだ？　整理券でも貰《もら》ってから並ぶとか、そういうことか？

門番と何かを話していたグス公は、しばらくして俺の方を振り返った。

お？　手招きしてやがる。俺はそれに応じて門のところまで向かった。

「おう、どうした」

「はい、オッケーが出ましたので入りましょう」

「は？」

「ふふん。どうです？　驚きましたか？　こう見えても私、門くらいなら顔パスで通れちゃうんですよ？」

何言ってんだこいつは、アホか。ドヤ顔で胸張りやがって。

イラっときて、とりあえず頭を軽くはたいてやった。

「いたっ。何するんですか！」

「アホ。他の奴が並んでるのに横入りする気か？　てめぇの家が偉いのかなんだか知らねぇけどな、そりゃ親の力だろうが。みっともねぇことしてんじゃねぇよ。さっさと並ぶぞ」

「あ……」

列の最後尾に向かおうとすると、後ろから怒鳴り声がした。

「き、貴様！　この無礼《ぶれい》者が！」

あぁ？　一体なんだ？

振り返ってみれば、そこにいたのは門番たちだ。

なんで門番の奴らが怒ってんだ？　それとも、この世界では横入りするのが常識なのか？

　俺は普通に門番を見たつもりだったんだが、それがまずかった。

「ひっ！　お、お前たち！　手が空《あ》いてる奴を集めろ！　ひっとらえるぞ！」

　俺と目が合ってビビッた門番は、俺を捕まえるために仲間を呼んだ。

　やべぇ、なんか大ごとになってきた。

「はぁ？　いやちょっと待てよ。てめぇら何勘違いしてるのか知らねぇけどよ」

「黙れ！　この狼藉者《ろうぜきもの》が！」

　狼藉者《ろうぜきもの》？　おいおい、なんかこれやばくねぇか？　いや、やべぇよな。

　……逃げたほうがいいかもしれねぇ！

「おい！　なんかやべぇぞグス公！　一回逃げるぞ！」

「スゥウーッ」

「深呼吸してる場合か！　ポリとかに追われそうなときは、とりあえず逃げたほうがいいって知らねぇのか！」

「静まりなさい‼」

　よく通る声だった、と思う。俺を捕まえようとしていた門番たちの動きが、ピタリと止まった。

　ちなみに俺は真横で大声を出されて、耳がキーンとなっていた。

「て、てめぇグス公。いきなり大声出してんじゃねぇよ！」

「お黙りなさい」

「あぁ⁉　黙れだ？」

大声出したのはてめぇのほうだろうが！　と、俺が怒鳴る前に、チビ共が俺の口を塞《ふさ》いだ。

お前ら、俺でロッククライミングするんじゃねぇっていつも言ってんだろうが。

俺がチビ共に気を取られているうちに、グス公は俺の前に出て門番たちに向き直る。

「彼は私の友人であり客人です。多少粗暴《そぼう》なところもありますが、良き方です。捕らえようとしている者たちは、すぐに下がりなさい」

「は、ははっ！　申し訳ありませんでしたグレイス様！」

門番たちは、数歩下がって跪《ひざまず》いた。

グレイス様？　グレイス様ってなんだ？　なんでこいつらはグス公に跪《ひざまず》いてるんだ？

俺はよく分からないままに、グス公に手を引っ張られて門を潜《くぐ》り抜ける。

もう横入りだとか、言うことすら忘れていた。

「零さん、零さん！」

「はっ」

「良かった、ぼーっとしたまま反応がなかったから心配したんですよ」

俺は周囲を見渡す。ここは……城の前だ。

え？　なんで俺は城の前にいるんだ？　さっきまで門の前にいたよな？

「えーっと、グス公お前よぉ」

「すみません、気づいてしまいましたよね。話そうとは思っていたのですが、中々言い出せなくて……」

「なんで俺たちは城の前にいるんだ？」

「……は？」

なんだこの反応は。俺は変なことを言ったか？　当然の疑問を聞いただけだぞ？

「あの零さん。私が何者なのか、気づきましたよね？」

「グス公」

「いや、そうじゃないですよね⁉　門番を止めることができて、城の前にいるんですよ⁉」

「……門番の弱味でも握ってるのか？　いや、城の前にいるんだしなぁ。城の門番の娘とかか？」

「すごいですね、本当に気づいていないんですね……」

グス公はデコに手ぇ当てて、大げさに溜息をついた。

なんかすげぇ腹立つな。ヒントがあったってことか？

門を顔パスで通れる。門番に命令できる。城の前にいる。

んんん？　……あ、そういうことか。

「分かった。今度は自信あるぜ」

「あぁ、なら良かったです。この状況で、自分で説明するのもちょっと恥ずかしかったので」

「お前、悪徳商人の娘だろ」

「……はい？」

「やべぇ物をよく運ぶから、門も通れたんだろ。門番には賄賂《わいろ》を渡してるから、ある程度命令もできる。城の前にいるのは、城にも色々やべぇ物を運んでるからだ。どうだ、完璧じゃねぇか？」

「死ねばいいですよ」

やべぇな。すっげぇ笑顔で言われた。これはグス公ガチギレしてやがんな。

おっかしいなぁ。絶対そうだと思ったんだが……。

「はぁ……もういいです。とりあえずついて来てください。そうすれば分かりますから」

「お、おう」

言われるままに、グス公の後を歩いていく。

当然のように城も顔パスで入れた。一体なんでなんだ？

まぁ俺にできるのは、グス公について行くことだけだ。でもこいつ、どこに向かってんだ？

「おい、グス公」

「はい？」

「グレイス！」

グス公がこっちを振り向いた瞬間、俺の後ろからでけぇ声がして、グス公の肩がビクッと震えた。

「勝手に城を飛び出し、急に戻ってくる。しまいには、コソコソと自分の部屋に行こうとする。まずは皆の者へ挨拶と謝罪に向かうべきではないか？」

グス公は顔を青くして、声の主の方をじっと見つめていた。馬車に酔ったときより青い顔してやがるな。なんか、やべぇ奴なのか？

「も、申し訳ありません。お姉さま……」

お姉さま？　ってことは、こいつはグス公の姉ちゃんってことか。

金髪ロングにキリッとした目をした女だな。鎧とか剣とかつけてるが、よく似合ってる。

「一度部屋に戻った後で、ご挨拶に伺《うかが》おうと思っておりまして……」

「グレイス、そこの下賤《げせん》な輩《やから》は何者ですか。即刻城から追い出しなさい」

下賤《げせん》な輩《やから》？　どこにいるんだ？

俺は周りを見渡したが、俺たち以外に人はいねぇ。

なんだこのアマ、やべぇもんでも見えてんのか？　チビ共のことだったら、ぶっとばすぞ。

「何をきょろきょろしている。貴様のことだ！　さっさと立ち去らんか！」

「お姉さま！　彼は私の友人でして……」

「黙りなさい！　私の言うことが聞けないのですか！」

グス公は勢いに負けてんのか、下を向いて押し黙った。本当こいつ喧嘩弱《けんかよえ》えなぁ。

……って、待てよ？

「おい、もしかしてその下賤《げせん》な輩《やから》ってのは、俺のことを言ってんのかぁ？」

グス公の後ろから、金髪の女に向かって聞く。

だが女は「ふんっ！」と鼻息を荒くしながら俺を見た。

「ははっ。他に誰がいるというのだ。分かったならさっさと失せろ！」

おいおい、面白《おもしれ》えことを言ってくれる女だなぁ。俺に喧嘩《けんか》売ってやがる。

こんな人畜無害《じんちくむがい》な人間に向かって、よく言ってくれたもんだ。

これならフードを外しても、グス公だって文句言わねぇよなぁ？

グス公に確認もとらず、俺はフードを外して金髪の女――クソアマの方を見る。

おぉ、いっちょ前にガンつけてくれてんじゃねぇか。

俺はゆっくりクソアマに近づいていく。チビ共も「がおー！」という素振《そぶ》りをしながら、
俺にぞろぞろついて来た。

「あぁ⁉　てめぇ何様だか知らねぇが、初対面の相手に色々言ってくれんじゃねぇか！

喧嘩《けんか》売ってんなら買ってやんよ！」

「ふん！　その言葉遣いだけでも、生まれが知れるというものだ。その粗野《そや》な態度、下賤《げせん》な輩《やから》と言って何が悪い！」

……ん？　こいつ今、俺と目を合わせてるよな？　なんともねぇのか？

あれ？　逸らさねぇのか？　全然平気なのか？

足元を見てみると、チビ共はなぜか目を隠して震えてる。こいつが怖《こえ》ぇのか？　いや、それにしては笑ってるようにも見えるしなぁ。

一体どういうことだ？

俺はついつい、クソアマをじろじろ見ちまった。

「な、何をじろじろと見ている」

「いや……まぁ、ちょっとな」

「や、やめないか！」

「お姉さま！」

俺とクソアマはグス公の声に反応して、咄嗟《とっさ》にそっちを見た。

グス公は肩を震わせながら、必死にクソアマの方を見てる。

「か、彼は私の友人であり客人です。そのようなことを言うのはお止めください。私たちはこれで失礼させていただきます！」

「待ちなさいグレイス！」

聞く耳を持たず、グス公はくるっと向きを変えて、さっきまで進んでいた方向に歩き出した。

おぉ、すげぇなグス公。頑張ったじゃねぇか。あとは膝《ひざ》が笑ってるのを隠せれば完璧だったな。

っと、このままじゃ置いて行かれちまうな。

グス公に続こうと、背中を向けたときだった。クソアマから声がかけられる。

「待て」

「あぁ？」

ちっ。しつけぇなぁ。まだ何かあんのか？

俺は、うんざりしながら振り返る。

「貴様が何者かは知らんが、このままで済むと思うなよ」

負け犬の遠吠《とおぼ》えかよ。クソアマは、言いたいことだけ言って立ち去って行きやがった。

とりあえず、俺は慌ててグス公の後を追う。

なんだか、面倒なことになってきた感じがしやがるな。

第十四話　てめぇ、猫被ってたのか

グス公について行き、辿り着いた部屋の中で、俺は突っ立っていた。

ここはグス公の部屋らしい。

めちゃくちゃでけぇ。なんかアンティークっぽい家具とかもある。

ベッドには……天井？　なんだっけか、あれ。よくお姫様のベッドとかについてる、天井とカーテンのついたやつがある。

ベッドに近づいて、置いてあるクッションを押してみた。

「おぉ、クッションもふかふかだな」

「あはは。確かに天蓋《てんがい》付のベッドなんて、庶民の人は中々見ませんよね」

ソファに座ったグス公の言葉を聞いて思い出す。

「あぁそうだ、天蓋《てんがい》だ。これなんで付いてんだ？」

「さぁ？　何となくじゃないですかね」

これ何か意味あるのか？　蚊帳《かや》みたいに使えるとかか？　うーん……分かんねぇな。

悩んでもしょうがねぇから、俺はグス公の向かいにあるソファへ座ることにした。

「今、お茶を用意させていますので」

「お茶？　あぁ、確かに少し喉が渇《かわ》いたか」

「……その前に、ちゃんと伝えておきますね」

グス公は背筋を伸ばして、咳払いをした。

俺は、そのままだらっと腰かけている。別に畏《かしこ》まる理由もねぇし。

「私はオルフェン王国第二王女、グレイス＝オルフェンです。今まで立場を隠していたことを謝罪いたします」

そう言って、深々と頭を下げるグス公。

へぇー、王女だったのか。だから、門も城も顔パスで入れたんだな。そりゃ、そうだよな。

「その、ちゃんと話そうとは思っていたのですが、中々言いづらくて……。伝えたら、何かが変わってしまうかもしれないと思っていたんです。ですから、その……」

「ふーん」

「はい、その怒ってらっしゃるかもしれないですが……って、えええええええええ⁉　ふーんって、なんですか⁉」

ソファから身を乗り出して、グス公は大声をあげた。

何こいつ怒ってんだ？　本当面倒くせぇな。

「あ、そうだ。チビ共にもお茶くれっか。コップはねぇと思うから、こっちで用意する」

「はい、分かりました……いえいえいえいえいえ！　そうじゃなくてですね⁉　私、王女なんです！　王女なんですよ⁉」

「それはさっきも聞いただろうが」

「いや、なんで全然平気そうなんですか⁉　普通こう、今までの私に対する無礼を詫《わ》びたりとか、そういうのがあったりですね⁉」

「無礼って言われてもなぁ。迷惑かけてたのは、てめぇのほうだろうが」

グス公は、あうあう言っている。返す言葉がなくて困ってるのか。どうやら少しは自覚があったみてぇだな。

ふと周りを見てみると、チビ共が鏡のついた机みてぇのに登って遊んでいた。

おい、チビ共。その家具は高そうだから壊すんじゃねぇぞ。

俺はチビ共を見て和《なご》みつつ、グス公との話を続ける。

「大体なぁ、てめぇが王女だろうと王様だろうと神だろうと、どうでもいい。グス公はグス公だろうが。それともなんだ？　敬意でも払って欲しかったのか？　くっだらねぇ」

「えぇ？　いや、でもですね……」

「確かにお前には世話になったし、感謝してっけどよ。それはグス公にであって、王女に世話になったわけじゃねぇだろうが。そんな肩書き、どうでもいい」

グス公は、ぽかーんとした後に笑った。やっと普段のグス公の顔になりやがったな。

「もう、いつ言おう、いつ言おうって困ってた私が馬鹿みたいじゃないですか」

「みたいっつーか、馬鹿だろ。こんなことで困るとか、細けぇこと気にしすぎだ馬鹿」

「馬鹿馬鹿言いすぎですよね!?」

いつも通りの会話に戻って、そのまま雑談していたら扉がノックされた。

俺とグス公が扉の方を向くと、すぐに声がする。

「お茶をお持ちしました」

「入ってください」

「失礼いたします」

現れたのは、銀髪を後ろで束《たば》ねた小っちゃいメイド女だ。

メイドとか、こんなに近くで見るのは初めてだなぁ。まぁ、前に見たのはコスプレのやつだが。

「お茶とクッキーをご用意させていただきました」

「ありがとう」

メイドは、テーブルの上に茶とクッキーを置いた。

小腹も空《す》いていたところだし、ちょうどいいな。

「それと陛下からのご伝言です。一息ついたら、二人一緒に来るようにと」

「……分かりました」

それだけ言うと、メイドはグス公の後ろに立った。

俺はティーポットを手に取り、チビ共用のコップに茶を注《そそ》いでいく。

メイドはそれを不思議そうな顔で見ていたが、面倒くせぇから説明はしなかった。

用事が終わったんなら部屋から出ればいいのに、まだ何かあるのか？

「零さん、せっかくですのでご紹介させていただきます。私付のメイドをしている、リルリです」

「はじめまして、リルリと申します。以後お見知りおきを」

「おう、俺は零ってもんだ。よろしくな」

俺が軽く手をあげると、ちっこいのはペコリと頭を下げ、またグス公の後ろに下がった。

ちっさいのにしっかりしてんだなぁ。礼儀っつぅか、そういうのができてんのがよく分かる。

「んで、俺らは陛下っての前で何を聞かれんだ？」

「零さん、父上の前では言葉遣いに気をつけてくださいね？　本当にお願いしますね？」

「おう。善処《ぜんしょ》する」

「善処じゃなくて絶対ですからね！」

「わ、分かった。努力する」

グス公はすげぇこっちを見てる。ありゃ本当に大丈夫かって目だな。

ったく心配しすぎじゃねぇか？　俺もこの数日で随分《ずいぶん》成長したんだぜ？　まぁ信じておけや。

「はぁ……信じますからね？　すみません、少し席を外します」

そう言って、グス公は立ち上がった。

んん？　なんか用事でもあんのか？　俺は、どうすりゃいいんだ？

「おう、俺はここで待っていればいいのか？」

「はい、すぐ戻りますので。リルリ、彼のことをお願いします」

「仰《おお》せのままに」

王様の前に行くとか言ってたし、グス公は準備とか色々あるんだろうな。

それにしても、このちっこいのと話すことも別にねぇしなぁ。チビ共とでも戯《たわむ》れてるか？

「ちっ」

……ん？　今、誰か舌打ちしたか？

周囲を見回して確認するが、部屋の中にいるのは俺とチビ共とメイドくらいのもんだ。

そして俺は舌打ちをしてない。チビ共も恐らくしてないだろう。……え？　まさか、こいつがしたのか？

俺は、ちっこいのをじろじろと見た。なんか、今日はよく人を見てる気がするな。

「おい、何じろじろ見てんだ。私はグレイス様に頼まれたからここにいるだけだ。外の景色でも見て、自分を慰《なぐさ》めてろ」

あぁ？　なんだ今の？　このちっこいのが言ったのか？

いや、この真面目そうで綺麗《きれい》な顔立ちをした、銀髪のちっこいのが言ったとは思えねぇ。

俺、疲れてるんだな……。

「聞こえなかったのか。そのモンスターも裸足《はだし》で逃げ出すような、怖ぇ目でこっちを見るんじゃねぇよ。次見たら潰すぞ」

やべぇ、こいつだ。間違いねぇ。すげぇひでぇことを真顔で言ってやがる。こいつ口悪すぎないか？

「……てめぇ、猫被《かぶ》ってたのか」

「あぁ？　そんなことお前には関係ないだろうが」

「いや、それにしてもその口調はどうなんだ？」

「ちっ」

あ、また舌打ちしやがった。おいおい、メイドってのはこんなに口が悪《わり》ぃのかよ。

俺の中にあった、メイドってやつのイメージがガタ落ちだ。

そんな俺の態度に気づいたのか、メイドは、あからさまに溜息をついた。

「いいか？　僕はグレイス様の前だから、お前の存在に我慢してやっていたんだ。今はグレイス様がいないから、我慢する理由もない。分かったら死ね」

「死ね!?　今死ねって言ったのか!?　おい、いい加減にしろよてめぇ！」

「零さん？」

メイドを取っ捕まえようと俺が立ち上がったとき、扉の向こうから声がした。

グス公？　いいところに戻ってきやがった。

このちっこいのの教育はどうなってんのか、しっかり聞いてやらぁ！

「おい、グス公！　こいつの……」

「申し訳ありません、グレイス様。私が至らなかったようで、零様を怒らせてしまいました」

だが俺が文句を言う前に、メイドがグス公に向かって頭を下げた。

は？　こいつ何を言ってんだ？

「え？　至らなかった？　そんな、リルリはいつも良くやってくれています。零さん、何があったのか知りませんが、その辺にしてあげてもらえますか？」

「あ？　……あぁ？　いや、そいつがよぉ」

「たぶん何か行き違いが生じているんだと思うんです。許してもらえませんか？」

「お、おう……」

グス公まで頭を下げるような勢いだ。ここまで言われたらしょうがねぇ。まぁ豆粒のしたことで怒るのも大人気《おとなげ》ねぇよな、うん。

だがそこで俺は見た。いや、見てしまった。クソ豆粒がグス公の後ろで、こっそり笑ったことを。

「このクソ豆粒があああああああ！」

「ぜ、零さん⁉　どうしたんですか⁉　落ち着いてください！」

「グレイス様、やはり私の何かが至らなかったばかりに……」

「い、いえ、リルリは悪くありません！　零さんどうしたんですか⁉」

「そのクソ豆粒がよぉ！　調子くれてるからよぉ！　とりあえず一発殴らせろ！」

「駄目ですよ⁉」

くそが！　くそが！　くそがあああああああ！

俺はグス公に宥《なだ》められ、仕方なくソファに座り直す。クソ豆粒はまたグス公の後ろで笑ってやがる。こいつ絶対《ぜって》ぇシメっからな。

小せぇっつっても、チビ共とは大違いだな！　この豆粒が！

「ぜ、零さん？　落ち着きましたか？　大丈夫ですよね？」

「おう、大丈夫だ。俺は冷静だ。心配するな。だから、そのドチビを殴らせろ」

「駄目だって言いましたよね⁉」

くっそ‼　あいつ笑ってやがんだよ！　俺のことを、おちょくってやがるんだ！　うぜえええええええええ！

……耐えろ、耐えるんだ。こんなとこにずっといるわけじゃねぇ、今だけの我慢だ。

俺は奥歯を噛《か》み締めて、豆粒を見ねぇように下を向いた。

「と、とりあえず零さんが落ち着いたら、父上のところに向かおうと思うのですが……。心の準備ができたら言ってくださいね？」

父上のところへ行く？　いいじゃねぇか、すぐ行こうぜ。ここに長居したら、絶対殴っちまう！

そう思った俺は、ソファから立ち上がってグス公に言った。

「おう、大丈夫だ。今すぐ行くぞ。ここにいるほうがやべぇ。早く行くぞ」

「では、ご案内させていただきます」

すぐに豆粒が部屋の扉を開いた。

こいつも俺とさっさとお別れしてぇんだろう。こんなとこだけは気が合うじゃねぇか。

「え？　え？　えっと、それじゃぁ零さん行きますか？　大丈夫なんですよね？」

「おう、早く行くぞ」

確認して歩き出したグス公の後に続く。……あれ、そういやこいつ、白いドレスに着替えてやがんな。やっぱ王様んとこに行くからか。

そんなことを考えていると、部屋を出るところで俺だけに聞こえるように豆粒がぼそりと呟いた。

「二度と僕の前で偉そうにするなよ、ボケナス」

「クソ豆粒がああああああああああ！」

「零さん!?　駄目ですって！　落ち着いてください！」

俺はグス公に引きずられ、部屋を後にした。

なんだこの敗北感は！　ぜってぇシメっからな！　この豆粒がぁ‼

その後にチビ共の爪の垢《あか》を煎《せん》じて、腹いっぱいになるまで呑ませてやらぁ‼

第十五話　全然ちげぇ!!

あぁくそっ。不愉快だ。

俺は先頭を歩く豆粒を、後ろから睨みつけていた。

グス公は豆粒に続いて静かに歩いている。そのドレス姿を見て、ふと思った。

あれ？　俺はこのままの服装でいいのか？

……まぁいいか。グス公が何も言わないってことは、問題ねぇんだろ。

「こちらです」

豆粒は、でっけぇ扉の前で立ち止まった。どうやらここが目的地みてぇだな。

「はい、リルリありがとうございました」

「いえ、ではこれで失礼します」

本当にこの豆粒は、グス公の前だと態度が違うな。なんで俺にはあんな態度なんだ？

ふざけやがって。

そして俺の横をすれ違うとき、豆粒がまたぼそりと呟いた。おう、その展開は俺にも読めてたぞ。

「さっさと斬首《ざんしゅ》でもされちまえボケナス」

落ち着け、落ち着け俺。大人になるんだ。

俺が無言だったのが面白くなかったのか、豆粒は舌打ちをして去っていった。

ちっ。舌打ちとかメイドとは思えねぇな。態度が悪《わり》ぃってのが分かってねぇのか？

「零さん」

っと、グス公のことをすっかり忘れてたな。なんか用でもあるのか？

「おう、どうした」

「基本、私が話をしますので安心してください。くれぐれも、いつもの調子で話さないでくださいね？」

「分かった分かった。お前に迷惑かけたくもねぇし、余計なことは言わねぇ。それでいいな」

「すみません……いえ、ありがとうございます」

必死に笑顔を作ってやがる。

前聞いた話を思い出しても、この中にいる奴らのせいでグス公は色々思い詰めてたんだよな。なんとか力になってやりてぇところだ。

グス公が入口に向き直ると、兵士みたいな奴が扉を開いた。

中は眩《まぶ》しいくらいの光、そして赤いカーペットみたいなのが敷《し》かれている。

その先にあるのは、玉座《ぎょくざ》ってやつだ。ってことは、あれが王様だな。

なんか、映画の世界みてぇだな……。

グス公に続いて中に入ると、玉座の側《そば》に数人並んでいることが分かる。

どいつも知らない奴だったが、一人だけ見た顔があった。あのクソアマだ。さっきと同じで、俺にガンくれてやがる。

だが、本当になんでこいつは俺と目が合っても大丈夫なんだ？　そこんとこは調べておきてぇな。それが分かれば、今後人に避けられにくくなるかもしれねぇしな。

広間の中心よりちょっと前くらいか？　そこでグス公は止まった。俺もグス公の少し後ろで立ち止まる。

しかしそれが気に入らなかったのか、クソアマが怒鳴りだした。

「貴様！　国王陛下の前だぞ！　跪《ひざまず》かんか！」

「あぁ？」

跪《ひざまず》けだ？　なんで俺がそんなことしねぇといけねぇんだよ。

このクソアマには、いい加減言いたいことが色々と……。

そこで、気づいた。チビ共が俺のズボンの裾《すそ》を掴《つか》みながら、必死に首を横に振っている。

悲しそうな顔したチビ共が指差す先にいるのは、グス公だ。

グス公を見ると、下を向きながら少しだけ震えていた。

グス公が何を考えているのか、俺には分からねぇ。だが……俺は我慢することにする。

ちっ。跪《ひざまず》くってのは確か片膝《かたひざ》つけてればいいんだっけか？

「おら、これでいいか」

「零さん……」

「ふん！　最初からそうしていればいいのだ！」

我慢だ我慢。チビ共とグス公のために、ここは我慢だ。

「大体、このような下賤《げせん》の輩《やから》をここに連れてくる必要などなかったのだ。さっさと牢《ろう》にでも入れてしまえばいい！」

我慢我慢我慢我慢我慢我慢我慢我慢。

俺は自分へ必死に言い聞かせる。拳に力が入り、歯ぎしりまでしているが我慢だ。

懸命に耐えていると、玉座に座ってるおっさんがクソアマに向かって言った。

「そこまでにしなさい、アマリス」

「し、しかし父上」

「客人に対して、そのような態度をとるほうが問題があるのではないか？」

「……失礼いたしました」

クソアマは、おっさんに向かって一礼する。

へっ。怒られてやがんの。おっさん、話が分かるじゃねぇか。

それにアマリス？　クソアマのアマリスか。ぴったしだな。

っと、俺が笑ってるのに気づいたのか、クソアマが俺を睨んでやがる。ざまぁみやがれ。

「さて、では本題に入ろう。グレイス、何の連絡もなしに城を出ていきなり帰ってくる。一体どういうつもりだ？」

「……申し訳ありませんでした」

「謝れと言ったのではない。どういうつもりかと聞いているのだ。王族が突然姿を消すということが、どれだけ多くの者に迷惑をかけることになるか、分かっているのか？」

グス公は、ただ必死に耐えてた。後ろから見えるその姿が小さく震えている。

俺は我慢すると決めた以上、おっさんに何も言えねぇ。たぶん、そのほうがグス公のためだ。

「それで、その身勝手な行為の結果、お前は何かを掴《つか》めたのか」

「は、はい！」

お、ちゃんと聞いてやるんだな。怒った後に相手の話を聞く。悪くねぇ方法だ。もしかしたら、そんなに悪いおっさんじゃないんじゃねぇか？

「精霊との契約を果たしました。これで私も一人前として、しっかりやっていけると思います」

「おぉ……。父上、聞きましたか？　グレイスが精霊と契約したと！　これはめでたいですね」

明るい声で答えたグス公に、あのクソアマも喜んでるみてぇだ。

おう、いい感じだ。なんだ、心配することなんて何もなかったんだ。これで円満解決だな。

――だが、違った。ちらっと顔を上げて見たら、おっさんの表情は険《けわ》しいものだった。

「この戯《たわ》けが‼　精霊と契約した？　一人前？　これだけ大ごとにしておいてか！　己の立場もわきまえず、身勝手に行動しおって！　恥を知らぬか！　だからお前は半人前のままなのだ！　もうよい、下がれ！　お前は一からやり直す必要がある……精霊とこれまで契約ができなかったのも、何の努力もしなかった己の未熟さゆえであろう！」

おっさんの怒鳴り声が響くと、広間が静まりかえった。空気がすげぇ悪《わり》ぃ。

……なんだこれ？　なんでグス公がこんなに怒られてんだ？　周りの奴らも黙ったままだしよぉ。

何の努力もしなかった、だと？　んなわけねぇだろうが。

グス公も言い返してやれよ。頑張ったんだって言ってやれよ。

何日もかけて森まで行って、モンスターに襲われそうになって、それでも諦めなかったんだって。そりゃぁ、最後は少し俺が手伝ったけど、日が暮れるまで精霊と契約しようと頑張ってただろ？

……何黙ってんだ！　言ってやれよ！　こいつらを見返すために精霊と契約したんだろ！

だが、グス公の口から出た言葉は、俺が言ってほしかったものとは違った。

「……はい、申し訳ありませんでした。自室にて反省をいたします」

グス公は、それだけぽつりと言ったのだ。

は？　なんだよそれ？

「私は下がれと言ったのだ！　早く行かぬか！」

「失礼いたします」

グス公は玉座に背を向け、とぼとぼと歩きだす。そして俺にこう言った。

「零さん、すみませんでした。部屋を用意いたしますので、ついて来ていただけますか？」

部屋？　俺の部屋を用意している場合じゃねぇだろ？　そんな顔して……それで、お前はいいのか？

……いや、違うな。グス公はいいのかもしれねぇが、俺が無理なんだ。

「あ、悪《わり》ぃグス公。無理だ」

「え？」

俺は大股《おおまた》歩《ある》きで、下からねめつけるように国王とかいうおっさんの前に進んだ。

さっきのおっさんの怒鳴り声に圧倒されたままなのか、誰も俺を止める奴はいねぇ。

そんな中で、最初に我へ返ったのはクソアマだった。

「き、貴様何をしている。父上は下がれと言ったの……」

「うるせえええええええええええええええええ！」

アマ公の言葉を遮り、大声をあげる。そして俺は、その場にいた全員を一瞥《いちべつ》した。みんなビクリとして、動きが止まる。はっ。自分の目が怖ぇことに初めて感謝したぜ。

「おう、てめぇさっきからよぉ。何様だ？　あ？　王様ってか？　ざっけんじゃねぇぞ‼」

「き、貴様！　陛下に向かってなんだ、その口のきき方は！」

「うるせぇって言ってんだろうが！　クソアマは黙ってろやぁ‼」

「んな……⁉　も、もう許せん！」

よっぽど頭にきたのか、クソアマが剣に手を掛ける。

おぉ、上等だ！　やってやろうじゃねぇか！

俺もすかさず鉄パイプに手を伸ばしたのだが、それを制したのはおっさんだった。

「待て、アマリス」

「し、しかしこのような態度！　王族侮辱罪《ぶじょくざい》です！　この場で斬っても問題ありません！」

「待て、と言ったのだ」

おっさんに言われて、クソアマは剣から手を放した。

はっ、さっきまでの威勢はどうした？　言われたら止まるのかよ！

「……君は私のことが気に食わないようだが、何か言いたいことでもあるのかね？」

「あるに決まってんだろうが！」

グス公は俺の腕を必死に引っ張っていたが、俺の言葉を聞いて、どうすればいいか分からなくなったらしい。腕を掴《つか》んだまま、横でおろおろしだした。

悪《わり》ぃなグス公、お前はそこでおろおろしてろ。

「てめぇさっきから、グス公のことを馬鹿にしやがってよぉ！　精霊と契約したんだぞ！　頑張ったじゃねぇか！　なんで誉めてやらねぇ！　それに、まずは無事だったことを喜んでやれよ！」

「……正しい手順を踏《ふ》んだうえでの行動であったならば、私も素直に喜べただろう。だがそうではない。グレイスは勝手な行動をし、周囲を振り回した。それを誉められると思うかね？」

やっぱり分かってねぇ。少しは良いおっさんかと思ったが、所詮駄目《しょせんだめ》親父だ。

グス公のことを、何も分かってねぇ！

「正しい手順だ？　誉められねぇだ？　なんでグス公が一人で城を飛び出して、精霊と契約しに行ったと思ってやがんだ！」

「それは、功を焦っての行動だったと……」

「全然違《ちげ》ぇ‼」

功を焦ってだぁ？　この馬鹿に、そんな器用なことができるわけねぇだろうが！　てめぇの娘のことも分からねぇのか！

「グス公はな！　それだけ追いつめられてたんだ！　だから一人で精霊と契約しに行ったんだろうが！　散々てめぇらに馬鹿にされ続けて、少しでも認められるために頑張ったんだろうが‼」

「……」

「何も言い返せねぇのか！　そうだよな……そんなことも分かってなかったんだからな！　勝手な行動だ⁉　グス公がそこまで思い詰めることになった原因は、てめぇだろうが馬鹿親父‼」

広間はまた静まり返った。誰もピクリとも動かねぇ。

はっ。言ってやったぜ。ざまぁみやがれ。

いやー、すっきりしたな。なんか周りは静かになってるが、これだけ言ってやれば少しは反省しやがるだろう。

「こ……」

「あぁ？」

背後の入口の方から声が聞こえた。振り向くと、兵士の一人が大きく口を開けてやがる。

「この無礼者をひっ捕らえろ‼　即刻処刑する‼」

いきなり入ってきた兵士共が、俺を取り囲む。ものすげぇ数だ。

図星を突かれたら死刑だと？　上等だ、とことんやってやろうじゃねぇか！

俺は背中の鉄パイプを手に取って構えた。チビ共もファイティングポーズで、やる気満々だ。

ぶっとばしてやらぁ‼

「おやめなさい‼」

ピタリ、と俺と兵士共の動きが止まった。止めたのは、おっさんでもクソアマでもない──グス公だ。

グス公は、そのままおっさんの前に進み出ると、深々と頭を下げた。

「父上、失礼いたしました。この度《たび》の責は全て私が負《お》います。彼に罪はありません」

「な、グレイス！　そのような奴を庇《かば》う必要はない！」

「お姉さまは黙っていてください！」

「なっ……」

グス公に強い口調で止められたクソアマは、そのまま押し黙った。

「零さんは……言い方こそ悪かったですが、私の気持ちを代弁してくださいました。ですから、私が責任をとるのは当然です」

「グ、グレイス……」

クソアマは呆然《ぼうぜん》としている。

だが、ちょっと待てグス公。俺は、てめぇに責任をとらせる気なんてねぇぞ？

「おい、俺が勝手にやったんだ。グス公は関係ないだろ。すっこんでろや」

そう言ってグス公の肩を掴《つか》んだが、振り向いたグス公は真剣な顔で、微笑みながら俺に言った。

「いいえ、そうはいきません。零さんのお蔭《かげ》ですっきりしました。ありがとうございます。後は私に任せてください」

「いや、だからよぉ」

「グレイス」

黙っていたおっさんが口を開いた。それだけで、その場にはまた静寂《せいじゃく》が戻る。

どうするかはおっさん次第ってことなんだろうな。いいぜ、やってやろうじゃねぇか。

「は、はい」

「客人を部屋に案内しなさい」

「……え？」

あぁ？　部屋に案内しろ？　牢屋とかじゃなくてか？

意外な発言にグス公も驚いたらしい。一瞬ぽかんとして、慌てて返事をしていた。

「あの……わ、分かりました」

「今回の件に関しては、我々にも色々と見直すべきところがあったと、私は判断する。よって、不問とする」

「父上！　しかし、それでは示しが！」

「不問とする。……よいな、アマリス」

クソアマは従うしかないらしく、それきり黙った。

俺とグス公はわけが分からないという顔をしながら、促されるままに広間を出た。

第十六話　これ、今後どうなんだ？

俺とグス公とチビ共が広間を出ると、豆粒メイドが待っていた。

豆粒は無言で、俺たちをさっきまでいたグス公の部屋に案内する。

そして、お茶が出されて……飲む。ふぅ、一息ついたな。

「なぁグス公」

「はい……」

「これ、結局俺らはどうなんだ？」

「えっと……分かりません」

だよなぁ。不問ってことは、どうにもならねぇのか？　いや、処刑がなくなっただけかもな。

とりあえず、茶がうめぇな。うん。でもやっぱ、どうすりゃいいのか分からねぇ。

「零様。お部屋のご用意ができました。どうぞ、こちらへ」

「あ？　おう。じゃぁまたなグス公」

「あ、はい。また後程」

俺はリルリに案内されて、少し離れた部屋に着いた。その間に会話なんてものは一切ねぇ。

「おぉ、いい部屋じゃねぇか。ホテルみてぇだな」

野宿に比べりゃ大抵はマシなんだが、この部屋はかなり良かった。広いし、ベッドもふかふかに見える。これならゆっくり休めそうだな。

ただし……こいつがいなければ、だ。

「おい、ボケナス」

ほらな、絶対こうなると思ってたんだ。俺はソファに座って頭をかく。面倒くせぇ。

「僕の声が聞こえてんだろボケナス、返事くらいしろ。それとも、人の言葉も分かんなくなっちゃったのか？」

「あぁ!?　んだ、用があるならさっさと言えや！」

があああああ！　本当なんなんだ、こいつはよぉ！　俺を目の仇《かたき》にしやがって！　俺がてめぇに何をしたってんだ。

「……お前のせいで、グレイス様の立場はすごく悪くなった。分かってるな？」

「あ？　知るか」

んなこたぁ豆粒に言われるまでもなく、分かってんだよ。説教なんかいらねぇから、さっさと失せろってんだ。

「グレイス様はな、今まで頑張ってきた。すごく耐えてきたんだ。それがお前のせいで全部パーだ」

「あぁそうですか。そりゃ残念だったなぁ」

「ちっ。本当に分かってるのか？　下手《へた》すりゃ、お前は殺されていたんだぞ？　グレイス様だって、王位継承権《けいしょうけん》を剥奪《はくだつ》されてもおかしくなかったんだ」

「うるせぇな。だからなんだってんだ」

おぉ、一丁前にこっちへガンつけてやがる。いいぜ、不完全燃焼だったし相手になってやんよ。

俺は立ち上がり、拳を握ってやる気の姿勢を見せる。

「みんな噂しているよ。お前みたいのを城に連れ込んだことは、王族とは思えない軽率さだと。陛下にあんな口のきき方をする奴を連れてくるなんて、グレイス様も堕《お》ちたものだ……ってね」

「ちっ。あぁそうだな、俺は口のきき方もなってねぇクソ野郎だ」

おい、なんだその「自覚があったのか」って言いたそうな顔は。この豆粒は、本当にシメねぇといけねぇらしいな。……まぁいい、とりあえずは話の続きだ。

「でもな、グス公は頑張ってたんだ。いや、今だって頑張ってる。認められたい、褒められたいって、純粋にそう思ってるだけだ。そんな小さなことすら許されねぇなんて、俺には納得できねぇ」

豆粒は俺をじっと見つめたままだ。人を見定めるような、嫌な目つきをしやがる。

「……あんな風に、周りを敵に回してもか？」

「俺は相手の立場や顔色で言いたいことを変えるような、ダセぇ奴じゃねぇぞ」

「馬鹿だな」

「うるせぇ！　なんだてめぇ！　やっぱ喧嘩《けんか》売ってんのか⁉」

「ふん。飯は後でここに届けてやる」

もう話は終わったと言わんばかりに、豆粒は扉に向かって歩き出した。

さっさと失せろ、このクソ豆が。

だが、扉の前で豆粒は止まった。そして振り返らないまま、呟く。

「……でも、ありがとな」

「あぁ？」

俺の返事を待たずに、豆粒は部屋を出て行った。

……ちっ。礼なんて言うんじゃねぇよ。俺はただ我慢できずに、グス公の立場を悪くしちまっただけだ。

「……なぁチビ共、俺は間違ってたのか？」

ん？　なんだ、その優しい笑顔は。肩に手を載せたり、俺の頭撫《な》でたりして……慰めてんのか？

見回すと、拍手《はくしゅ》をしてる奴や、万歳《ばんざい》をしてる奴もいた。

……だよな。グス公には悪いことしちまったけど、俺は間違ってはねぇはずだ。

もっと上手くやる方法はあったかもしれねぇが……くよくよしてもしょうがねぇよな！

「よっし！　過ぎたことは置いとくぞ！　とりあえず、これからどうすっかだな！」

俺の言葉を聞いて、チビ共はすげぇ嬉しそうにしてる。

よし、どうにかしてグス公の立場を良くするぞ。

いや、その前にグス公の意見が大事か。あいつがどうしたいのかを聞いておいたほうがいいな。

飯は、豆粒じゃないメイドが持ってきた。

俺はさらりと平らげて、とりあえず横になることにする。グス公に話を聞く前に、まず自分の意見をまとめようと思ったからだ。チビ共にも相談しつつ、あれこれ考えた。

で、夜遅くに俺とチビ共の意見もまとまってきたから、グス公に今後の相談をするべく部屋に向かうことにする。

城の廊下は深夜だからか灯《あか》りが少なくて暗い。全然人気《ひとけ》もねぇ。だが、俺はその雰囲気が気持ち良かった。なんか、夜の学校とかってわくわくするよな。あんな気持ちだ。

グス公の部屋まであと少しってところで、廊下に光が漏《も》れているのに気づいた。部屋の扉が少し開いてるらしい。なんか、怒声《どせい》っつぅのかな。そういうのが中から聞こえてきてる。

気づかなかったことにして、そこを通り過ぎようとしたんだが、部屋の中から聞こえてきた言葉に思わず足を止めた。

「あの下賤《げせん》な輩《やから》が！　グレイスを誑《たぶら》かして！　絶対に許さんぞ！」

この声はアマリス《クソアマ》だ。きっと俺のことを言っているんだろう。

あの野郎……ちょうどいいな。この際、こいつにも俺の言いたいことをきっちり言ってやるか。

俺は勇《いさ》んで部屋に入ろうとしたが、クソアマの言葉でまた足が止まった。

「第一なんなんだあいつは！　私のことをジロジロと見て！　怖いじゃないか！　なんだ

あの目は！　周囲の目がなかったら泣いていたぞ……。王族の私相手に、目も逸らさずに真《ま》っ直《す》ぐ見おって！　くそ！　くそ！」

扉の隙間から覗《のぞ》くと、クソアマは人型のぬいぐるみみてぇなもんを抱えて身じろぎしていた。

……あれ？　こいつビビッてたのか？　いや、だってあんなに真《ま》っ直《す》ぐ俺を見てたからよぉ。

そうか、こいつも無理してたんだな。やっぱ姉貴だからか、グス公と似たところがあるのかもしれねぇ。……まぁ、今回は見逃してやってもいいか。

「ああああ、もう！　グレイスもなぜあんな奴に相談するんだ！　悩んでいたのなら私に言ってくれてもいいだろう！　気づかないでごめんよ、グレイス……。お姉ちゃんのこと嫌いになったか？　え？　大好き!?　お姉ちゃんもグレイスのことが大好きだよ！」

やべぇ。これは本当にやべぇ。ぬいぐるみと話してる。しかもあのぬいぐるみ、グス公にそっくりじゃねぇか……？

俺は何も見てない。いいなチビ共。お前らも何も見てない。

だからまずいものを見たって、青い顔をして震えるのはやめろ。早くここから逃げるぞ！

「零さん……？」

いきなり声をかけられ、ビクッとした。俺は今、生まれてから一番ビビッた自信がある。

それくれぇ、声を掛けられたことに驚いた。

ゆっくりと振り返ると、そこにいたのはグス公だった。

「あの、こんなところで何をしているんですか？　ものすごく挙動不審《きょどうふしん》でしたけど」

「お、おう。ちょっとグス公の部屋に行こうかとな……」

ん？　なんだ、こいつ風呂にでも入ってたのか。髪とか濡《ぬ》れてるし、しっとりしてて女っぽいじゃねぇか。だが、全然ドキドキしねぇな。グス公だからなぁ。

その時だ。後ろの扉が、ギィィと鈍《にぶ》い音を立てて開いた。

しまった。逃げるタイミングが……。

「……お前たち、そこで何をしている？」

「お姉さま？　騒がしくして申し訳ありませんでした。すぐに部屋に戻ります」

やべぇやべぇやべぇ。なんでグス公は、クソアマの異常な気配に気づかないんだ。

今、俺は振り向いたら殺される。間違いねぇ。

チビ共の態度が、それを物語っている。は、早くここから逃げねぇとまずいことになる。

「そうか。それで、下賤《げせん》の輩《やから》はここで何をしていたのだ？」

こっちに話が振られちまった。落ち着け、なんとかこの状況を打開するんだ。絶対に振り向いたらいけねぇ。このまますりげなく話して、立ち去るしかない。

「い、いや、グス公の部屋に行くために通りがかってな。その途中でグス公と出会ったんだ」

「あれ？　でも零さん、今そこで立ち止まって……」

「向かってる最中に！　グス公と出会ったんだ！　そうだよな、グス公！」

「え？　え？　え？」

俺はすげぇ笑顔でグス公に同意を求めたが、グス公はあわあわとするだけだった。

まじでやべぇぞ……後ろの殺気が強くなってやがる……。

「なるほど。グレイス、先に部屋に行っていなさい。私は、そいつに少し用がある」

やべぇ！　グス公、助けてくれ！　俺は殺されるぞ！

俺は必死にグス公を見た。グス公気づけ！　信じてるぞ！

グス公は俺の必死な態度を見て、何かを理解したような顔をした。よし、いける！

「んー……なるほど！　そういうことだったんですね。分かりました。では、部屋に戻っています」

おい待て。てめぇ今、なんて言った。あれ？　俺の必死な態度、伝わったんだよな？

「お姉さまと仲直りがしたかったんですね。頑張ってください」

グス公はわけの分からねぇことを言って、その場を嬉しそうに立ち去って行った。

待て、その妙な勘違いはいらねぇ。

いや、まだ今なら間に合う！

「そ、そういうことだからよぉ。俺もこの辺で」

ガシッと。頭を掴《つか》まれた。女に頭を掴《つか》まれるのなんて、生まれて初めてだ。

「まぁそう言うな。いいから、ちょっと部屋に寄っていけ」

「いや、まじで急いでるんだ！　な⁉　は、話ならまた今度にしようぜ！」

「ふふふ。話なら部屋で聞こうじゃないか」

「やめろおおおおおおおおおおおおお！」

その願いも虚《むな》しく、俺は頭を掴《つか》まれたまま、クソアマの部屋に引きずり込まれた。

城の廊下には、俺の叫び声がこだましたのだった。

第十七話　あぁ、超うぜぇ

やべぇやべぇやべぇやべぇ。

いつもは目を逸らされてる俺が、今は目を逸らす側になってやがる。

それくらいやべぇオーラを感じる。逃げる方法を考えないとまずいぞ！

ソファに座っている――いや、座らされている俺の前に、スッとお茶が出された。確実に毒入りだろう。

「どうした、飲まないのか？　怪しげなものは毒しか入っていないぞ」

「やっぱり毒が入ってんじゃねぇか！　ふざけんなよ！」

「軽い冗談だ。何も入っていないから安心しろ」

笑いながら向かい側の椅子に座るアマリス《クソアマ》。

くそっ。冗談とは思えねぇ。今こいつは確実に俺を殺そうと思ってるはずだ。油断はできねぇぞ。

そうだ、うまいこと穏便《おんびん》にやり過ごせねぇか？　なんとか、この場を凌《しの》ぎ切るってのはどうだ。時間が経てば落ち着くはずだ。

そう、俺は何も見てねぇし聞いてねぇ。そのスタンスで逃げ切るしかねぇだろ。

「さて、私は貴様に色々言いたいことがある。分かっているな？」

俺のペースに持ち込むには、ここしかねぇな。

いいか、絶対に相手のペースにしたらいけねぇぞ。やり切るんだ。

「あぁ、それはお互い様だ。俺も、てめぇには色々言いてぇことがある」

「ほう、それは好都合だな」

「だが待ってくれ‼　俺たち二人で話し合うのは、互いにヒートアップするだけじゃねぇか？　ここは第三者を介入させてだな、冷静な話し合いをしようじゃねぇか」

完璧だ。こんなことを言われたら断りづれぇだろ。

プライドが高《たけ》ぇ奴は、大人な対応を心がけようとするからな。

「必要ない」

そんなことはなかった。俺の希望は一瞬で潰《つい》えた。くそが……！

クソアマは、そのまま無表情で茶を飲んでやがる。

やべぇ。やっぱりここはあれだな。何にも気づいてない感じでいくしかねぇ。

「単刀直入に聞こう。見たな？」

「あぁ？　何をだ？」

答えた瞬間、俺の横を何かが通り過ぎる。そして髪が数本はらりと落ちた。

後ろに視線を向けると、壁に刺さったナイフが揺れている。

おおおおおおおおい⁉　ちょっと待ってくれ！　チビ共、こういうときはどうしたらいいんだ⁉　ってチビ共がいねぇ⁉

よく見ると、チビ共は俺から離れて扉の近くで震えていた。正しい判断だな、おい！

まじぃな。すげぇまじぃ。打開策が浮かばねぇ。

目の前のクソアマは手元でナイフを遊ばせながら、表情一つ変えずに俺を見てやがる。

今、俺の命はちぎれかけのタイトロープの上だ。

生と死じゃねぇ。このままいけば、死と死。認めても認めなくても同じだ。

「もう一度聞こう。見たな？」

「……お、おう」

「そうか、死ね」

「待て待て待て！」

俺の答えを待たずに、クソアマのナイフが俺に飛んで来る。

俺は体をソファに倒し、ギリギリのところで躱《かわ》した。

だが、そこまでだ。次のナイフが俺の顔に迫る。

あ、終わったなこれ。

そう思ったんだが、ナイフは俺に命中することなく、鼻の数センチ先に刺さった。

目の前で、ナイフがソファに突き刺さったまま揺れている。

助かったのか……？

「ちっ。手元が狂ったか。次は外さん」

「待てって言ってんだろうが！　話を聞きやがれ！」

「話だと？　私を脅《おど》そうとでも言うのだろう？　無駄だ、今殺す」

「だから待て！　俺はてめぇを脅す気なんてねぇ！　さっきのことを話す気もねぇ！」

クソアマは、不審そうに首を傾げている。

よし、一旦ナイフを投げる手が止まった。このままなんとか話を続けて誤魔化《ごまか》すしかねぇ。

俺は体を起こして、ソファに座り直す。

「勘違いしてるみてぇだがな。俺はてめぇに関わる気はねぇ」

「嘘だな。お前は私が嫌いだろ」

「あぁ、超うぜぇ」

「死ね」

「待て待て待て待て！」

しまった。つい本音が出ちまった。

だ、だが、まだなんとかできるはずだ。落ち着け……落ち着くんだ俺。咳払いをして、深呼吸をする。

「お、俺は確かにてめぇが気にいらねぇ。だが、関わらなければそれで終わりだろ？　もう会わなかったらいいだけだ」

「つまり、グレイスにも二度と関わらないということだな？」

「あん？　グス公は関係ねぇだろ」

なんなんだこいつは。なんでいきなりグス公が出てきたんだ？

あー、くそっ。そういえば、グス公のとこに行くはずだったのにな。早くこっから脱出してぇ。

「グレイスはお前のせいで変わってしまった。私は姉として、あの子を正《ただ》す義務がある。そのためには、お前が邪魔だ」

なるほどな。言いてぇことは分かった。つまり、だ。

「俺のおかげでグス公と一緒にいる理由ができた。だが、俺がいると二人きりになれなくて邪魔だってことか？」

「な、なななななななななんでそれを⁉」

クソアマは手に持っていたナイフを床に落として、体を引いた。

図星かよ。分かった。はっきり分かった。こいつはシスコンだ。

しかも素直になれねぇで、無駄に強気に出ちまっていたタイプだろう。

俺も一時期妹に同じことをやって、散々嫌われたことがある。それから妹と話すことは減った。あれは心にきたから、忘れられねぇ。

「よく分かった。てめぇグス公が大好きだろ。で、一緒にいてぇけど素直になれずに、色々口うるさく言ってねぇか？」

「あ、あわわわわわわ」

「これは俺の経験談だけどな。それ続けると、会話すらしてくれなくなるからな」

「えええええええ⁉」

あれ？　こいつ実は俺に結構近いタイプなんじゃねぇか？　段々親近感ってやつが湧《わ》いてきたな。

案外悪い奴じゃねぇのかもしれねぇ。俺みたいにな。

「だ、だが私はグレイスのためを思って色々とだな」

「いや、相手からしたら、いつも口うるさくて、この人は私が嫌いなんだろうなって思ってるぞ」

「そ、そんな……。た、確かにグレイスは最近私を少し避けていたような……」

青い顔をして、下を向いたままぶつぶつ言っているクソアマ。

これはいける。完全にこっちのペースだ。逃げ切れる。やれるぞ。

相談に乗りつつうまいこと脱出する。これしかねぇ！

「てめぇみたいなタイプはな、自分の意見を押しつけちまう。だがそうじゃなくて、まずは相手の意見をしっかり聞いてやらないといけねぇんだ。本に書いてあった」

「なるほど……ん？　本？」

「つまりはだな！　てめぇはまず、グス公へ素直に接する必要があるんじゃねぇか!?　だがいきなり二人だけで話そうとすると、また色々言っちまうだろ？　だから、俺も一緒にいてやる。で、お前の言い方が悪《わり》ぃときは俺がフォローしてやるよ！　これでお前とグス公は仲良しだ！」

「な、仲良し！　本当か!?　いや、確かにそれなら……」

勝ったな。最初は殺されるかと思ったが、こいつ案外ちょれぇタイプだ。

このまま逃げるぞ！

「おし、なら今後はそんな感じでうまくやろうぜ。俺はグス公のとこに行くからよ」

「う、うむ……。よろしく頼むぞ！」

クソアマは、どこか嬉しそうだった。よし、なんとかなったな。

俺は立ち上がり、部屋を出ようと扉に向かった。ドアノブに手をかけ、回そうとする。

──そこで、声がかかった。

「いや、待て。一番大事なことを忘れていた。お前はさっきの私を見たと言っていたな？

グレイスの人形に話しているところだよな？」

「あ？」

振り向くと、すぐ後ろには無表情のクソアマ。

や、やべぇ……。

「やれやれ、悪い奴ではなかったようだが。やはり殺さねばならないな」

クソアマはそう言って剣を抜き、俺に突きつけてきた。

やべぇ。剣先が首に当たってやがる。

このクソアマ、馬鹿のくせしやがってギリギリで思い出しやがった。馬鹿のくせしやがってな。

後一手。何かねぇのか！

何か……ん？　いや、よく考えるとだけどよぉ。実は、俺は何も悪くないんじゃねぇのか？

そうだよな？　ドアが少し開いてたのは、こいつの落ち度だろ？　聞かれたのは、こいつが悪《わり》ぃ。

今までグス公と仲良くやれなかったのも、こいつが悪《わり》ぃよな？

そう考えると、段々腹が立ってきた……おし、ぶっとばすか。

「グレイスへの接し方を教えてくれた感謝の証《あかし》として、墓前に花は添《そ》えてやろう。では、死ね」

「ざっけんじゃねぇぞ、おらあああああああああああああ！」

「!?」

「よく考えたら、俺は何も悪くねぇだろうが！　全部てめぇの責任だろう！　なのに俺は、協力までしてやるって言ってんだ！　てめぇのそれは八つ当たりだろうが！　これ以上やるってんなら相手になってやらぁ！」

俺ぁ、背負っていた鉄パイプを手に持って構え、ガンを飛ばす。

その気迫に押されたのか、クソアマは一歩下がった。

上等だ、ここまで来たら徹底的にやってやらぁ。

「だ、だが、私のことを嫌いなお前が、グレイスに先ほどの痴態《ちたい》をバラさない保証などない」

「は？　ふざけんなよ？　俺がてめぇを脅す？　見損《みそこ》なうんじゃねぇ。俺は確かにてめぇが気にくわねぇが、そんな腐《くさ》ったことはしねぇ」

「し、信用できるとでも思うのか！」

「知るか！」

俺は動揺してるクソアマの剣を鉄パイプで思いっきり叩いた。

咄嗟《とっさ》のことに反応できなかったらしく、クソアマの剣が床に落ちる。

その機を逃さずに、俺はクソアマの腹に蹴りを入れて吹き飛ばしてやった。

クソアマは壁にぶつかり、動きが止まる。

はん。調子に乗るんじゃねぇぞ。

「き、貴様……」

よろよろと立ち上がり、クソアマは俺を睨みつける。そんな状態で凄《すご》まれても怖くねぇけどな。

「いいか。俺はさっきのことをグス公に言うつもりはねぇ。それに、お前がグス公と仲良くなれるよう協力もしてやる。男に二言はねぇ。――それが気にいらねぇんなら、いつでもかかってきやがれ」

「ぐ……」

俺はそのまま部屋を出る。そこで一つ、言い忘れたことを思い出した。

なので、顔だけ部屋に覗《のぞ》きこませる。

「あぁでもな、クソアマがグス公と仲良くなろうと頑張っているところ。俺は好きだぜ。

俺は諦めちまったからな」

「なぁっ⁉」

なんか赤くなって色々言ってたが、気にせず扉を閉めた。また怒ってケチつけられたら、うぜぇからな。

それにしても、すっきりしたぜ。やっぱり深く考えずに、ぶっとばしたほうが早《はえ》ぇな。

チビ共も無事脱出できて一安心みてぇだ。

俺は意気揚揚《いきようよう》と、そのままグス公の部屋に向かうことにした。

第十八話　ありがとな、グス公

グス公の部屋はクソアマの部屋のすぐ近くだ。

とりあえず軽く扉をノックでもしてみる。……だが反応はない。

寝てんのかぁ？　しょうがねぇから自分の部屋に戻ろうかとも思ったんだが、その時、俺のズボンの裾《すそ》が引っ張られた。引っ張ったのはチビ共だ。チビ共は廊下の先を指差している。

あっちに行けってことか？

俺はチビ共に引っ張られながら、廊下を進んだ。

おいおい、どこに行くんだぁ？

行き着いた先は、城の塔（？）みてぇなところの最上階だった。さらに階段を上れば外に出られるらしく、チビ共に促されて俺は進んだ。

外は真っ暗で、空に浮かんだ月と星が綺麗《きれい》だった。

屋上には、一つの人影があった。まぁチビ共が俺を引っ張ってた時点で、そこに誰がいるかは薄々気づいてたけどな。

その人影は、グス公だ。夜だから騒がしくしちゃいけねぇと思って静かに近づき、グス公の肩に手を載せて声を掛けた。

「おう。何してんだ？」

「ひぎゃあああああああああああ⁉」

……めちゃくちゃ驚かれた。

あれ？　肩に手を載せたのがいけなかったのか？　それとも声がでかかったか？

「なななななな、はっ。零さん？　驚かせないでください！」

「お、おう。俺が悪《わり》ぃのか？」

「こんな暗闇で、いきなり肩に手を載せて声を掛けられたら驚きます！」

そ、そうか。人に声を掛けるってのも難しいもんだ。

「もう……」

溜息をついたグス公は、苦笑した。やっぱ、どことなく顔が暗いな。

「で、何してたんだ？」

「夜風に当たろうと思って来たら、星が綺麗《きれい》だったので見てたんです」

「あぁ。確かにそうだな。俺のいたとこじゃぁ、こんな風に星は見えなかった」

「そうなんですか？」

「色々と他に光ってるもんが多くてな。それのせいで星が見えねぇんだわ」

グス公はよく分からないという顔をしていた。まぁ、色んな看板とかのネオンの光なんて分からねぇだろう。

「私、小さい頃から、ここで星を見てたんです」

「眺めがいいもんな」

「はい。いつも考え事はここでしちゃうんです」

考え事。それは、きっと今後のことだろう。

俺の考えとかも色々言うべきなんだが、どうやって切り出すかが浮かばねぇ。

チビ共と相談して、せっかくまとめたってのによ。

俺が迷っているのに気づいたのか、グス公のほうから話を振ってくれた。

「今日はありがとうございました。私すっきりしました」

「いや……なんか我慢できなくてな。悪《わり》ぃことしちまったとも思ってる」

グス公は、静かに首を横に振った。そんなことはないと。そう言ってくれている気がする。

「私、もう一度頑張ります。王族として、頑張りたいんです」

「……あんな風に言われたのにか？」

「それでも……それでも私は王族なんです。民が安心してついてこられるような、そんな人間になりたいんです」

グス公は笑った。その笑みは弱かったが、目には力みてぇのを感じる。

国王にすぐキレてた俺とは大違いだ。素直に感心しちまう。

「すげぇな、グス公は」

「え？」

「なんか、やっぱり王族ってやつなんだろうな。そう思った」

グス公は少し驚いたような顔をしたが、また笑顔になった。

そんな驚くようなことは言ったつもりはねぇんだが……なんでか少しだけ気恥ずかしい。

「ふふっ。そんな風に言ってくれるのは、零さんだけですよ」

「そんなこたぁねぇよ、大したもんだ」

素直に言葉が出てきた。この場の雰囲気に呑まれてるのかもしれねぇ。

だが、不思議と悪い気分じゃなかった。

「んー。でも、あんな風に啖呵《たんか》切っちゃいましたからね。もしかしたら城から追放されちゃうかもしれません」

「あぁ？　でもおっさんは不問にするって……」

「そうは言っても、周囲は納得しないでしょうからね」

軽い口調で言って、空を見上げながらゆっくり歩き出したグス公の表情はよく見えなかった。

きっと今までの経験で、よく分かってるんだろう。

豆粒メイドも言ってたしな。今までグス公はずっと我慢してきた。それが全部俺のせいで駄目になった、と。

俺は力になりてぇとか思ったくせに、結局のところグス公の邪魔をしただけだ。

ここに来る前、チビ共と一緒にグス公の今後について自分なりの考えをまとめたはずなのに、そんなものは吹っ飛んじまった。俺は分かった気になってたが、結局何も理解できてなかったんだ。

そう思うと、心が夜の闇と一緒に沈んでいく感じがした。

「零さん？　どうかしましたか？」

俺が黙っていたせいだろう。目を伏せていた俺に、グス公が足を止めて声をかけてきた。

すまねぇ、俺には謝ることしかできねぇ。

「……悪《わり》い、俺のせいだな」

グス公はきょとん、とした後、笑った。

何笑ってんだこいつ。俺は謝ってんだぞ？　何も面白《おもしれ》ぇことは言ってねぇだろ！

「んー、気にしないでください。と、言っても、きっと気にするんですよね？」

「まぁ、我慢できなかったのは俺だからな」

近づいてきたグス公は、俺の手を取り握る。そして、さっきまでと同じように俺の顔を見て笑った。

「じゃあ……そうなったら責任とってくれますか？」

「あぁ」

考えるまでもねぇ。俺のせいだからな。当然だろ。責任だろうがなんだろうが、とってやらぁ。

「なーんて、そんなこと言われたら困っちゃいま……えええええええええ⁉」

「うぉっ。いきなり耳元で叫ぶんじゃねぇよ！」

「え、いや、だって今、責任……あわわわわわわ」

なんでこいつは赤くなって、頭を振ったり頬を手で押さえたりしてんだ？

そりゃ俺のせいなんだから、責任くらいとるだろ。

「心配するな。俺はこの世界に来たばっかりだが、しっかりグス公の仕事を見つけてやる！

住むとこだって探してやらぁ！　生活できるようになるまで任せておけ！」

俺のその言葉を聞いたグス公は、ピタリと動きを止めて急に落ち着き払った。

「あぁ、うん。そんなことかなって少し思ってました。……はぁ」

なぜかグス公は溜息をついてる。俺はまた何か間違えたんだろうか。空気が読めねぇってのは、こういうところなのかもしれねぇ。

チビ共にこっそり聞いてみたが、ジトッとした目で見られた。やっぱり俺が悪《わり》ぃみてぇだ……。

強い風が吹いた。少しさみぃな。

俺ぁ、グス公に上着《うわぎ》を掛けてやった。確かグス公は風呂上がりだったはずだし、湯冷めして風邪《かぜ》でも引いたら大変だからな。

「おう、冷えてきたし戻るぞ」

「え？　ななななな、なに紳士《しんし》ぶってるんですか！　似合いません！」

グス公はまた赤くなって、あたふたしだした。

俺は何かまた間違ったことをして怒らせたみてぇだ。人付き合いへの自信が、どんどんなくなっていきやがる。

それにしても、そんなに赤くなるまで腹を立てなくてもいいと思うんだが……。

俺ぁ怒らせたことが気まずくなって、さっさと部屋に戻ることにした。

「あ、待ってくださいよ！」

慌ててグス公が追いかけて来る。

俺たちはそのままグス公の部屋まで、特に会話もなく戻った。

「それじゃあ、おやすみなさい零さん」

「おう、おやすみ」

俺も部屋に戻るかな。そう思って背を向けたとき、グス公が声を掛けてきた。

上着を貸しちまって寒《さみ》ぃから早く帰りてぇんだが、なんかあるのか？

「あの、さっきの話ですけど」

「あぁ？」

「もし追放されちゃって、それでもどうにか私の生活が落ち着いたとして……その後、零さんは一緒にいてくれないんですか？」

一緒に。

それは俺にとって、ほとんど馴染《なじ》みのない言葉だった。

人に避けられて、俺自身が人を避けてきた代償《だいしょう》だったともいえる。

だから俺はグス公の言葉に、すぐに答えられなかった。

その反応を見たグス公は、俺が困っていると思ったらしい。

「あの、すみません。変なことを言っちゃって」

「そうじゃない、ですか？」

「いや……。そうじゃねぇんだ」

そう。そうじゃねぇんだ。

俺は一緒にいてほしいと言ってくれたグス公の言葉が……きっと嬉しかったんだ。

でも、それになんて答えればいいかが分からねぇ。そんなこと言われたことねぇし、これからも言われるとは思ってなかった。

……だから、今思ってることを正直に伝えよう。

「悪《わり》ぃな。これからどうなるのかが分からねぇし、俺もどうしたらいいかが分からねぇ。だから答えられなかった」

「零さん……」

「俺は、グス公を手伝いてぇと思った。でも、その後にどうしたいんだろうな」

あぁ、やべぇな。なんかブルーな気持ちになってきてる。

頑張って人に接していこうと思ってただけで、他のことを何も考えてなかったと痛感した。

俺はこの世界で何をするんだろう。そんな当たり前の答えを……持っていなかった。

考え込んで少し暗くなっていた俺の背中を、グス公はぶっ叩いた。

「えいっ！」

「いてぇぇぇぇぇぇぇぇぇぇぇぇぇ！　てめぇ、いきなり何しやがる！」

振り返ると、グス公は怒ったような顔をしていた。

怒りたいのはこっちだろうが！　バシンッって、いい音がしたぞ！　こらぁ！

「そんなの零さんには似合いません！　悩む前に殴り飛ばしていたじゃないですか！」

いや、そりゃ喧嘩《けんか》の話だろ。

だけど、なんか興奮してるグス公には言えなかった。言ったら余計ひどくなりそうだ。

それにしても、どんだけ強く叩いたんだ。まじで痛《いて》ぇ。こりゃ背中に紅葉《もみじ》ができてるぞ。

「もし何がやりたいか分からないなら、一緒に旅をしましょう！　その何かを見つけるために！」

「旅？」

「そうです！　色々なところを見て、色々なことを知って。何がしたいかを考えるんです」

やりたいことが分からないから旅に出る。元の世界でも、よく聞いた話だ。

でも実際に旅に出る奴なんて、そうはいない。それに、それでやりたいことが見つかる奴も、そんないないんじゃねぇか？　俺はそう思っている。

だが、今の俺にはグス公の言葉が温かかった。

「見つかるまで旅すんのか？」

「そうですよ。見つかるまで旅をするんです。それでも駄目だったら……」

「駄目ならどうすんだ？」

俺の問いに対して、グス公は満面の笑みを浮かべた。自信たっぷりの、すげぇいい笑顔だ。

「旅することを、目的にすればいいんですよ！　色々な人と出会って仲良くなる。零さんのやりたいことに近いじゃないですか」

ははっ。色んな奴と仲良くなるか。

こいつは本当にすげぇな。それはきっと、俺が前の世界で望んでたけど諦めたもんだった。

この世界でチビ共と出会って、グス公と出会って。俺はそれだけで、どこか満足してた。

でも、もっと色んな奴と仲良くなる……か。悪くねぇな！

「ありがとな、グス公」

「え？　えーっと……はい！　気にしないでください」

俺はグス公に手を振って別れた。

さて、部屋に戻って寝るか。そう思って足元を見ると、チビ共も嬉しそうに頷いていた。

少し心が軽くなったのを感じる。いい気分だ。

色んな奴と仲良くなる。悪くねぇ。

……でもまずは、グス公のことを解決するのが先だな。

第十九話　お前一人じゃ死ぬだろ

「起きろ、ボケナス」

「ぐぼぁっ！」

ものすげぇ衝撃を腹に受け、俺は強制的に目覚めさせられた。

俺の腹の上に正座しているのは、確認するまでもなくメイドのリルリだ。

「ま……まめ……」

声が出ねぇ。完全に鳩尾《みずおち》に入ってやがる。このクソ豆粒がぁ……。

体勢を見るに、寝ている俺の上に飛び乗りやがったな。

「朝食は置いといてやったぞ。陛下がグレイス様とボケナスを呼んでるから、後で迎えに来てやる。僕に感謝の意を表して、土下座して待ってろ」

「こ……ころ……」

「じゃぁなボケナス」

俺は部屋から出ていく豆粒に、何もできずベッドの中で悶《もだ》えていた。

声も出せずにぷるぷる震えながらも、なんとか息を整える。情けねぇ。

絶対《ぜって》ぇいつか泣かすぞ、あの豆粒が！

俺ぁチビ共と朝飯を済ませ、一応身なりを整えた。

あとは豆粒が来るのを待つだけなんだが……あのおっさん、何の用で呼び出したんだ？

やっぱり示しがつかねぇっつって、処罰するとかか？

まぁそうなったら、うまいことグス公と脱出して諸国放浪《しょこくほうろう》ってやつだな。

……あれ？　そういや他にも国ってあんのか？

そもそも、このオルフェン大陸だっけか。どのくらいの大きさなんだ？

気にもしてなかったが、ちゃんと見ておいたほうがいいな。今度、地図でも見せてもらうか。すっかりこっちの生活に慣れた気でいたが、やっぱ何にも分かってねぇんだなぁ。

そんなことを考えていたら、扉がノックされる。

「失礼いたします。お待たせいたしました」

「おう」

顔を出したのは、予想通り豆粒だった。他にメイドはいねぇのかとも思うが、仕方ねぇか。

俺が豆粒に続いて部屋を出ると、そこにはグス公がいた。その顔は少し緊張してるように見える。

「おはようございます、零さん」

「おう、おはようさん」

挨拶を交わしたあとは言葉少なく、俺たちは豆粒について行く。

到着した場所は、昨日と同じ広間だ。

思わず、唾を呑《の》み込んじまう。なんだかんだで、俺も緊張してるのかもしれねぇ。

そんな俺の様子に気づいたのか、グス公が俺の方を見ていた。ちっ、なんだよ。

グス公は俺を見ながら、両手を握ってガッツポーズをした。ったく、自分のことで一杯一杯のくせしやがって……。

だが、そんなグス公の態度で俺の緊張も若干和《やわ》らいだ。俺たちは、顔を見合わせて少しだけ笑った。

兵士によって扉が開かれ、中へと進む。

広間にいたのは、国王陛下《おっさん》とアマリス《クソアマ》、そしてハゲた爺《じい》さんだ。

そういや昨日も、このハゲはおっさんの横にいた覚えがある。たぶんお偉いさんなんだろう。

「二人とも、陛下の前に」

クソアマに促され、俺とグス公は進む。

そして昨日と同じように跪《ひざまず》こうとしたところで、それは止められた。

「よい、そのままで構わぬ」

グス公はどうしたらいいか悩んでいたようだが、俺は言われるままに立っていた。もともと跪《ひざまず》くのとか気にいらねぇしな。このままのほうが楽でいい。

そんな俺の態度にクソアマはイラついているようだったが、おっさんは気にせずに話し始めた。

「話は、昨日の続きとなる」

やっぱりか。まぁそりゃそうだろう。俺もグス公も、ある程度は覚悟してたことだ。二度と城には来るなとか、そんなところだろうな。

「グレイスが精霊と契約したことを踏まえ、その実力を確かめるべきだと私と大臣は判断した。よって、グレイスにクエストを任せたいと思う」

あれ？　追い出されるんじゃねぇのか？　後、クエストってなんだ？

周囲を見回すが、聞ける相手もいねぇ。仕方なく、俺は黙ったまま成り行きに任せることにした。

「大臣、詳しい説明を」

「はっ」

ハゲた爺さんが一歩前に進み出る。大臣か、どうやら本当に偉い奴だったみてぇだ。

俺たちは大臣を注視《ちゅうし》する。その視線に促されるように、一つ咳払いをした大臣は話し出した。

「うおっほん。グレイス様が精霊と契約したことにより、その実力を確かめるべくですな。我々はクエストを任せることにいたしました」

いや、それはさっきおっさんが言ってたろ。まどろっこしい奴だ。

さっさとそのクエストってのについて話せよ。

「クエストの成否、その過程により判断を下すべきだと決定がされました」

おい、んなこたぁ分かってる。続きを早くしろや。こういう校長の話みたいのは本当にイライラしやがる。用件だけ言えよ。

チビ共はすでに聞き飽きたのか、真っ赤なカーペットを毟《むし》ったり、その上をゴロゴロしたりしている。正直なところ、俺もそっちに混ざりてぇ。

「……そして、クエストの内容ですが」

やっとか。もう数分経ってるぞ。ここからはちゃっちゃか頼むぜ！

「ここから近い場所で、リザードマンの巣が発見されています。近隣《きんりん》住民への危険なども考え、早急な調査、並びに討伐《とうばつ》を依頼させていただきます」

「リザードマン……ですか？」

「はい。詳細はこちらの書類に書かれています。しっかりと目を通してくださいますよう、お願いいたします。では、話は以上です。すぐに出発なさってください」

どうやら、細かい話をする気はねぇから資料を読めってことらしい。

だったら、最初からそうしろってんだ。まぁお役所仕事なんざこんなもんだろ。

俺はこっからさっさと出たいのもあって、すぐに扉に向かおうとした。

……だが、グス公はそうじゃなかったらしい。

「あの、一点質問をさせていただきたいのですが」

「はい、何なりと」

質問？　てか、聞けば答えてくれんだな。

まぁ、グス公は王族だからな。聞かれたら答えないわけにはいかねぇってことかもしれねぇ。

「えぇと、相手の数などは……」

「資料をお読みください」

「クエスト期間など……」

「資料をお読みください」

グス公はあうあうと、困った顔をしてこっちを見てきた。

いや、資料に書いてあるって言うんだからしょうがねぇだろ。

それにしても、王女に向かってひでぇ対応だな。

「も、もう一つだけよろしいでしょうか」

「はい」

「このクエストは、私一人で行うのでしょうか？」

ここで、大臣は少し困ったようにおっさんの方を見た。

どうせ、そこまで考えていなかったんだろ。昨日の今日だからな。

「騎士団などを動かすことはできん。これはあくまで、お前を試すためのクエストだ」

「……仰せのままに」

ま、そうくるだろうな。おっさんの言葉を聞いて、グス公は俺の方をちらちらと見る。

なんだ？　俺に何かあるのか？

「しかし、だ。一人というのはさすがに危険だろう。何かあった場合にも困る。数人程度ならば、好きに連れて行くがよい」

それを聞いて、グス公の顔はパッと明るくなった。

まぁ一人でやれって言われても困るわな。姫様だぞ姫様。兵士とかじゃねぇんだからよ。

「はい！　分かりました！　必ずや成功させてみせます！」

聞きたいことは済んだのか、グス公はにこにこと笑って足早に歩きだす。

そして俺の横まで来ると、手を掴《つか》んで引っ張った。

「さぁ、では参りましょうか零さん！」

「ん？　おう。でもあちぃから手は離せ」

「ひどい！」

だが結局グス公は俺の手を離さずに、無理やり引っ張って自分の部屋に戻った。

まぁ当然、手を掴《つか》まれてる俺もグス公の部屋に来ることになる。

「んで、どうすんだ」

「そうですね。リザードマンの巣があるのは、東の村の近隣のようです。とりあえずは、東の村に向かおうと思います」

「おう、じゃぁ行くか」

俺はそう言って歩き出したんだが、グス公は動かないままだった。

グス公を見ると、変な顔をしてやがる。なんでニヤニヤこっちを見てんだ？

「あんだ。俺の顔に何かついてるか？」

「いえ、何も言わないでついて来てくれるんだなぁって。あ、もしかして私に惚《ほ》れちゃったり……」

「お前一人じゃ死ぬだろ」

「ひどくないですか⁉」

いや、何こいつは勘違いしてんだ。まじで。ゴブリン相手に泣きながら逃げてたお前が、リザードマン（？）とかってのに、一人で勝てるわけねぇだろが……。

グス公は立ったまま、ソファの背もたれに手をついてうなだれている。面倒くせぇ。

「ううっ。零さん優しくないです……」

「あぁ？　んなことはいいからよぉ、用意とかはねぇのか？　後は、他について来てくれる奴とかよ」

「うっ。他……ですか」

明らかに狼狽《ろうばい》してやがる。そうだろうな。落ち目の姫様について来てくれる奴なんていねぇわな。悪《わり》ぃこと聞いちまったか。

と、俺が思ったときだった。

横からものすげぇ勢いで黒い物体が突っ込んできて、俺にドロップキックをかました。

「ぐぼぁっ！」

俺はその奇襲になすすべなく吹き飛ばされ、転がり、壁にぶつかる。

い、息が……。

「グレイス様。もしよろしければ、私にご一緒させていただけないでしょうか」

「リルリ！　いいのですか？　危険だと思いますが……」

「私はグレイス様のメイドです。どんな場所だろうと、ご一緒させていただきます」

「リルリ……。あなたが来てくれるのでしたら、心強いです。感謝します」

「はい。私とグレイス様の二人でなら、リザードマンごとき何の問題もありません」

こ、この豆粒……。さらりと俺を数から除外しやがった。

だが、声が出ねぇから抗議もできねぇ。

すっかり気配を消してたから忘れてたが、この豆粒も部屋ん中にいたんだった……。くそっ。

チビ共は俺の体を必死に擦《さす》ってくれている。ありがとよ……お前らだけが俺の味方だ。

「では零さん。参りましょうか？　って、あれ？　どうしてそんなところで蹲《うずくま》っているんですか？」

「み、見てなかったのか、てめぇは……」

グス公は、本当に分からないといった顔をしていた。

その後ろで、豆粒が邪悪《じゃあく》な笑みを浮かべている。

ぜってぇ後でシメる！　全力でシメる‼


とりあえず息が整った俺と残り二人は、王都の東門に向かうことになった。

俺は当然豆粒をシメようとしたんだが、絶妙な位置取りをしてるせいで捕まえられない。

完全にグス公を壁にしてやがる。腹が立つ。

だが、そんな俺と豆粒のやり取りを見ていたグス公は、見当違いなことを言っていた。

「もうそんなに仲良しになったんですね。零さんは目は怖いですが、いい人ですからリルリも仲良くしてくださいね」

てめぇの目は節穴《ふしあな》か！　怖ぇのは俺じゃなくて、てめぇの陰に隠れてる豆粒メイドだろうが！

……だが、それを言うことは俺にはできなかった。グス公にチクったみてぇで悔《くや》しいからな。畜生《ちくしょう》が。

とりあえず、クエストに必要なものは、豆粒が色々と用意をしてくれていたらしく、俺たちは真《ま》っ直《す》ぐ東門まで進み辿り着いた。

門の前にはでっけぇ馬車が停まっている。へぇ、これに乗るのか。準備はばっちりみてぇだ。

だが、それだけではなく、予想外の奴がいることに気づく。……正直、頭が痛い。

「遅いぞ！　お前たち、何をやっている！」

「お姉さま？　なぜこのようなところに……」

そう、クソアマだ。まぁ、考えてみりゃぁ、シスコンのクソアマがクエストに向かう妹を放っておくわけねぇよな。あぁ、面倒なことになりそうだ。頭痛《いて》ぇ。

「ふん。お前たちだけに任せられるわけがないだろう。さぁ近隣の民のためにも、早急にクエストを終わらせるぞ」

グス公はクソアマの言葉に、はっとしたような顔をした。

グス公がこういう顔をしたときは、大体的外れなことを考えているけどな。

「民のためにそこまで……。さすがお姉さまです。もしかしたら、私のために来てくださったのではないかと、変な勘違いをしてしまいました。そんな考えに至った自分が、情けないです」

「え、いや、それは……」

「零さん！　リルリ！　お姉さまとともに出発しましょう！」

「いや、だからな？　グレイス？」

「では、アマリス様がご用意してくださった馬車で村まで向かいましょう。御者《ぎょしゃ》は僭越《せんえつ》ながら、私が務めさせていただきます」

「いや、あの……」

グス公とリルリは、クソアマを置いてさっさと馬車に乗り込んだ。それを見てクソアマは、どうしたらいいか分からないといった感じで、おろおろしていた。

あぁ、クソアマなりに頑張ったんだろうな。何の意味もなかったが。

半泣きであうあう言ってる姿は、グス公そっくりだ。

「おら、行くぞクソアマ」

「あ、あうあう……誰がクソアマだ！」

我に返ったクソアマが俺を睨んできた。

こいつ本当にすぐ怒りやがるな。まぁここは、少しご機嫌取りでもしておくか。

「グス公の力になってやろうってんで来たんだろ。頼りにしてんぞ」

「あ、うむ。任せておけ！」

頷いたクソアマも、そそくさと馬車に向かう。そんなにグス公の側《そば》へ早く行きたいのか。

ったくよぉ、本当に大丈夫なのかこれ……。正直、不安しかねぇぞ。下を見ると、チビ共が俺に同意するような感じで頷いていた。

へへっ、やっぱり俺とチビ共だけが頼りだな、うん。

俺ぁチビ共とがっつり握手を交わした後、意気揚揚と馬車に乗り込んだ。

第二十話　……あぁ、それはそれはありがとうございます

俺たちは馬車で東に向かっていた。

御者台にはリルリ、車内には俺とチビ共《まめっぷ》、グス公とクソアマだ。

それにしても、前に乗った乗合馬車に比べて揺れが少ない。たぶん作りが違《ちげ》ぇんだろう。

そこでグス公が酔いやすいことを思い出して、声をかける。

「グス公。酔ってねぇか？」

「え？　はい、大丈夫です。王族専用の馬車はそんなに揺れませんからね」

王族専用の馬車ねぇ。言われてみれば、内装も全然違《ちげ》ぇな。椅子は座り心地が良くてゆっ

たりしてるし、三人で座るにしては広すぎるくらいだ。

確か、外見も派手だったな。真っ黒だがところどころに金ぴかの飾りがあって、なんか赤色の剣の紋章が入ってた気がする。

……ん？　派手？

俺はそこで一抹《いちまつ》の不安を覚えた。

「おい、この馬車ってのは王族を運ぶ用なんだよな？」

「ふん。さっきグレイスが説明したというのに、聞いていなかったのか。お前の耳は使い物にならんみたいだから、斬り落としたほうがいいんじゃないか？」

このクソアマが……。いちいち喧嘩《けんか》を売ってきやがる。

俺が腹立たしく思ってクソアマを見ると、クソアマはビクリと大きく肩を跳ねさせた後に、目線を逸らさないよう必死に耐えていた。

……逆に哀《あわ》れになってきて、俺のほうから視線を逸らしてやる。

ちらりと窺《うかが》うと、俺が目を逸らしたことで自分が勝ったとでも思ったらしく、胸を張って偉そうに笑ってやがった。本当、こいつはどうしようもねぇな。

「んでまぁ話を戻すが、この馬車ってのはいつも一台だけで動いてんのかぁ？」

グス公はきょとんとし、クソアマは鼻で笑っている。御者台にいる豆粒にも、小窓から話は聞こえてるんだろうが、完全にスルーしていて関わってこない。

誰か、こいつらに協調性ってやつを教えてやって欲しい。俺はチビ共の頭を撫《な》でながら、心の底からそう思った。

「無知で愚昧《ぐまい》でどうしようもないお前に、私が教えてやろう」

「……あぁ、それはそれはありがとうございます」

俺は泣かすぞと言いかけて、なんとか押しとどめた。

耐えるんだ。今は教えてもらう立場だからな。耐えろ俺。

「王族が乗っている馬車だぞ？　一台だけで動くわけがないであろうが！　普通は警護の騎士がついているに決まっている！　そんなことも分からないとは、本当に愚《おろ》かな奴だ」

「……」

落ち着け、落ち着け俺。耐えるんだ、俺が大人になるんだ。そう、俺のほうがこいつより良識ある大人なんだ。

「ぜ、零さん？　肩を震わせて顔を真っ赤にして耐えるのは、怖いのでやめてもらえますか……？」

「はっはっはっは。怒ってなんていねぇぞ。俺は冷静だ。だからグス公は黙ってろ」

「は、はい」

ふぅ、俺は冷静だ。しっかり耐えた。問題ない。

それはそうとしてだ、これはまずいんじゃねぇのか？　このお気楽頭の王族二人は気づいてないみたいだけどな。……まぁ仕方ねぇか。一応、仲間ってやつだし、俺が教えてやっか。

「おう、豆粒。一回馬車止めろ」

「……」

馬車は進む。進行速度を落とすこともなく、さっきまでと変わらず進んで行く。

いや、進んでどうする。もしかして聞こえなかったのか？

俺は、さっきよりも大きな声で呼びかけた。

「おい！　豆粒聞こえてっか？　一回止めろって言ってんだ」

「……」

なぜかは分からんが、聞こえてねぇみたいだな。うん、俺は冷静だ。大丈夫、怒ってねえ。無視してんじゃなくて、これは聞こえてねぇだけだからな。

グス公やチビ共が、俺を見てビクビクしている。おいおい何を怯《おび》えてんだ？　大丈夫だって……。

……ふぅ。なんとか耐えたな。

こいつらは三人とも駄目だ。大人になるんだ俺。

「おい豆粒。真面目な話だ。止めてくれ」

俺は、にっこりと豆粒に笑顔を向けて頼んだ。

どうやら俺の誠意が伝わったらしく、豆粒はビクリと震えて振り返り……目を逸らした。

「……ちっ」

その舌打ちいらねぇよな？

でも馬車は止まった。馬車一つ止めるのに、なんでこんなに労力を使ってんだ。すげぇ疲れた……。

「王族専用の馬車って言ったよな？　まぁ、見てすぐ分かるような外見なわけで、目立つよな」

「王族が乗る馬車だぞ？　権威《けんい》を象徴《しょうちょう》した外装なのは当たり前だ。お前は本当に馬鹿だな」

こいつ本当にすげぇな。口を開けば必ず俺を罵倒《ばとう》している。逆に少し感心してきた。

そりゃこんな奴なら、一発で王族が乗っていますって分かる馬車を持ち出すのも当然だ。

「王族に敵対してる奴とかはいねぇのか？」

「やれやれ……本当にお前は馬鹿だなぁ。我が王家は民のための統治を行っている。敵対心を持つ者などいるわけがないだろう」

「お姉さまの言う通りです。我が王国は清廉潔白《せいれんけっぱく》に、民のことだけを考えています。その素晴らしい考えを民も理解していますので、敵対する者などいませんよ」

あぁ、駄目だこいつら。頭の中がお花畑ってやつだな。若干、何かに洗脳《せんのう》されてるみてえで怖い。

どんな組織にだって、敵対する奴はいるってのが分かってねぇんだなぁ。

まぁ、こいつらが使えない以上は、だ。この豆粒に聞くしかないわけだが……。

「おい豆粒、実際のとこはどうなんだ？　こいつらは頼りにならねぇからよ」

周囲を警戒していたようだった豆粒が、こっちを向く。

俺の近くでは二人がギャーギャー喚《わめ》いているが、無視だ。

「その……」

豆粒は困ったように、二人を見ていた。

こいつらの前では話しにくいみてぇだな。なら俺が先に理由を言うべきだろう。

「あー、普段は警護がついてんだろ？　だが、今はいねぇ。もし、万一、王家に敵対する奴らがいたとしたら、この馬車そのままだと、すぐにばれて襲われる可能性があるんじゃねぇか？」

「そんな奴はいない！」

「そんな人はいません！」

この馬鹿姉妹、本当にそっくりだな。俺は二人に思いっきりデコピンをして黙らせた。

馬車の中じゃ、こいつらがいて話にならねぇな。

「おい、外で話すぞ」

豆粒は少し戸惑《とまど》った後、俺について来た。

といっても、本当に馬車のすぐそばで小声で話すだけだ。

車内にいる二人は恨めしそうにデコを押さえて、こちらに聞き耳を立てている。

王女がそれでいいのか。ってか、本当にこいつら王女なのか？　疑問しかねぇ。

「で、実際んところ、どうなんだ」

「ちっ。……僕の知る限りでも、敵対する奴らはいる」

やっぱりか。まぁそりゃそうだ。頭がお花畑のあいつら以外は、普通に気づいてること
だろう。

あのおっさんも、娘にそういうことをちゃんと教えておけってんだ。

「正直、お前なんかにそれを指摘されたことが、僕には腹立たしくてしょうがないけどな」

「てめぇ本当に口が悪《わり》ぃな。グス公とかの前でも、面白《おもしれ》ぇからその口調で話せや」

「殺すぞボケナス。メイドの僕が、こんな汚《きたな》い言葉で尊敬するお二人と話すわけがないだ
ろう」

いや、今話してるじゃねぇかよ……。あれ？　つまり俺のことは尊敬してねぇってこ
とか？

くそが。俺はあいつらと同じようにデコピンしてやろうと、豆粒に手を近づける。

……だが、俺の手の前に差し出されたのはナイフだった。

豆粒はにっこりと笑って、ナイフにでもデコピンしろという顔をしてやがる。

本当に、こいつうぜぇな！

「ちっ。まぁいい。この辺に敵対国とかはあるのか？」

「……そっちの心配はない。でも、敵は外だけじゃない」

豆粒は、さらに声を潜《ひそ》めてそう言った。どうやら聞かれたくない話みてぇだな。

「あぁ？　中もうまくいってねぇのかよ。それじゃぁ、すぐに対策しないとやばいんじゃねぇか？」

「まぁ、そうなるかな。とりあえず姫様たちには僕からうまく言って、今日は近場で野営することにする。明日までには馬車を偽装《ぎそう》しておくよ」

偽装ってそんな簡単にできるのか？　木や草をくくりつけて、適当に迷彩《めいさい》するんじゃねぇだろうな？　心配だ。……うーん、仕方ねぇなぁ。

「おい、俺も手伝ってやるよ」

「は？」

心底嫌そうに、お前なんかに何ができるんだと言わんばかりの顔でこっちを見やがった。

くそっ。確かに俺には何もできねぇけどよ……。でも、俺には強《つえ》ぇ味方がいるんだよ！

「……まぁ、無駄だけど一応聞くよ。何ができるんだ？　そうか、なら僕がやるから邪魔するな」

「まだ何も言ってねぇよな!?　くそっ。舐《な》めんなよ！　俺一人でやってやる！　俺には強《つ》ぇ味方がいるからな。見事にやり遂《と》げてやらぁ！」

「ははっ。期待してるよ」

乾いた笑いってやつは、こういうのを言うんだろう。目も明後日《あさって》の方向を見ていて、『早くこの無駄な会話終わらないかなぁ。あ、今日の夕飯何にしよう』みたいな顔をしてやがる。

見てろよ！　絶対《ぜって》ぇ驚かせてやるからな！

車内へ戻った俺たちは、二人に今日はこの辺りで野営をすると伝えた。

グス公は特に疑問も持たなかったようですぐに了承したが、俺と豆粒が寄り添って何を話していたのか、後で教えろと言ってきた。教えたってお前は聞き入れるつもりねぇし意味ねぇだろう。

クソアマのほうはぶち切れてた。王族たるもの、何の準備もなく野営がなんたらかんたらって。こいつだけでも本当に帰って欲しくなってきたぞ。

その後、俺たち三人とチビ共で野営の準備をした。

クソアマは、テントはどこだ、見張りはどうすると、ずっと文句を言って手伝いもしなかった。本当に使えねぇ。

その点、手際《てぎわ》は悪くても手伝うグス公と、本当にこいつはメイドかって思うほど手早く用意をする豆粒は頼もしかった。

今は、豆粒とグス公が飯の用意をしている。

料理を頑張って教えた甲斐《かい》があってか、グス公もそれなりに使えるようになっていた。

豆粒は必死にグス公からナイフや材料を取り上げて自分でやろうとしていたが、グス公が手伝いたがっているのと、案外やれるのを見て諦めたようだ。

二人が料理を作っている間、俺は馬車の偽装をすることにした。当然、ぶつぶつ言ってるクソアマは放置だ。

馬車は、野営場所から少し離れた場所に置いてある。偽装作業を見られると面倒だからな。特に、クソアマに見られたらうるせぇのは間違いない。

「さて、チビ共何かいい手はねぇかな？」

チビ共は自分の胸をドンと叩くと、胸を押さえて蹲《うずくま》っていた。大丈夫か？　強く叩きすぎだ。

そして、俺はチビ共の指示に従って馬車を色々いじる。チビ共はどっから持ってきたのか分からないような、でかい布や裁縫《さいほう》道具、トンカチや釘《くぎ》とかまで用意していた。

いや、本当にこれどこで調達したんだ？

疑問の答えは分からないまま、布を縫《ぬ》ったり、板を打ちつけたりして完成させる。

王族専用とかっていう四角くて黒い馬車の屋根板をばらし、その板を使って中に棚やら机を増やしした。外側は全体に白い布で幌《ほろ》を被《かぶ》せた。

他にも色々改良点はあるが、外からの見た目はただのぼろっちい白い幌《ほろ》の馬車だ。

……いや、待ってくれ。本当にこれどうやったんだ？　俺は手伝ってたはずなのに、どうしてこんなもんができたのかが分からねぇ。精霊ってやつの力なのか？　何はともあれ、チビ共はすげぇ。

俺たちは大満足で、その日は眠りについた。へへっ、明日の朝が楽しみだなぁ、おい。

第二十一話　集合だって言ってんだろうがクソアマ！

「起きろ、ボケナス」

「ぐぼぁっ！」

こ、この展開は知っている。つい先日同じ目に遭《あ》った。

朝、俺の上に正座をしているのはリルリだ、見なくても分かる。

「て、てめぇ……」

「おい、僕はお前に馬車の偽装を頼むと言ったよな？　誰が新しい馬車を買ってこいと言った！」

「あぁ？」

「いいからさっさと起きてついて来い！」

起きれねぇのは、てめぇが乗ってるせいだろうが……。

直後、俺は豆粒から解放され、体を引きずるようにして豆粒について行った。

辿り着いた場所は、昨日俺がチビ共と偽装した馬車のところだ。

驚くとは思ったが、まさかキレられるとは予想してなかったがな。

「これだ！」

「……何か問題あるのか？」

「大ありだ！　姫様たちをこんな乗合馬車に乗せるつもりか！　グレイス様は、とても酔いやすいんだぞ！　このボケナスが！」

なるほど。どうやら外側だけを見て言ってるみてぇだ。やっと納得がいった。

だがこの反応を見るに、出来栄《できば》えは上々ってとこか。

「おい、後ろの幌《ほろ》を開いてみろ」

「はぁ？　そんなことはいいから、元の馬車はどこにあるのかって僕は聞いてるんだ！　……そうか、お前売ったんだな⁉」

「いいから開けって、そうすりゃ納得するからよぉ」

怪訝《けげん》そうにしながらも、豆粒は俺の言う通りに馬車の後ろに回り、幌《ほろ》を開いた。

そして止まる。

「……なんでこんなところに黒い扉が付いてるんだ？」

「開けてみろ」

びっくり箱を開けるかのように、豆粒は恐る恐る扉を開く。

そして今度は完全に固まった。驚いたか、ざまぁみやがれ。

少し待つと、豆粒は口をパクパクとしながらこっちへ振り向いた。いい顔してやがる、胸がスッとする。

だが、気持ちは分かる。実際作業をした俺だって、同じ気持ちだったからな。

「何これ？　なんで内装は同じなんだよ！　いや、むしろ豪華になってないか？　え？　馬車の骨組みまで作ったのか？　短時間で？　いや、これ物理的におかしいよな⁉」

「だよなぁ……」

「お前が作ったんだろうが！」

「ま、まぁ、とりあえず問題がねぇかだけ調べてくれや。大丈夫だと思うからよ」

豆粒は「ありえないありえない」と連呼しながら、馬車の全体や車軸《しゃじく》などを調べていた。

調べ終わった結果、走行には何の問題もないらしい。

というか、胡散臭《うさんくさ》い奴を見つけたような目で俺をちらちらと見てきた。

「まぁ大丈夫ならいいじゃねぇか。おら、そろそろグス公たちを起こすぞ」

「……」

豆粒は後ろでずっとぶつぶつ言っていたものの、素直に俺について来ていた。

チビ共がすげぇのは知ってたが、そのせいで俺がこんなに疑われることになるとはな。でもこれってよぉ。チビ共と一緒に馬車屋とか道具屋でもやれば、俺は安泰《あんたい》なんじゃねぇか？

……その案もありだな、検討しておこう。

んで、戻ってみたらグス公はぐーすか寝ていた。いつも通りだ。

だが、クソアマの姿は見えなかった。

あいつどこに行ったんだ？ ……と思っていたら、戻ってきた。

「おい、一人で動いたら危ねぇだろ。一声掛けてけよ」

「ふん。なぜお前ごときに心配されなければならない。第一、私をどうこうできる奴などいない！」

薄々気づいてたんだけどよぉ。こいつ、良識なさすぎだろ。

朝から息を荒《あら》らげて汗だくで……ん？ こいつ今まで何してたんだ？

「おいクソアマ。てめぇなんかしてたのか？」

「だから、誰がクソアマだ！ ……朝といえば鍛錬《たんれん》に決まっているだろう」

「あぁ、道理でな……」

クソアマは動きやすそうな服に着替えていた。鍛錬用の服かなんかなんだろう。

きちんとやることはやってるみてぇだ。

「お、お前……。じろじろ見るな！」

「あ？　あぁ、悪《わり》ぃ」

顔を真っ赤にして、胸元を手で隠してる。案外でけぇ。ちゃんと女なんだなぁ。

くそみたいな口調で俺を罵倒しかしてこねぇから、女だってことをすっかり忘れてた。

それに比べてこのグス公は……。

まだ夢の中らしく、ぐへへへ笑ってやがる。……まぁ、このほうがグス公らしいな。


朝飯の用意をし、グス公を引っ叩いて起こす。

クソアマのナイフと豆粒のドロップキックが飛んできたが、なんとか鉄パイプで応戦しながら宥《なだ》めた。起きてねぇグス公が悪いんだろうが……。

ともかく全員で飯を済ませて、身支度を整えて出発する。

クソアマは当然のように馬車を見て文句たらたらだった。だが、中を見て言葉を失い、それからは何も言わなくなった。

グス公なんて、もっと簡単だ。揺れなければなんでもいい、だとさ。車酔いってのは大変だなぁ。

んでまぁ天気もいいし順調に進んで、昼過ぎには予定していた東の村に着いた。

雨だと道がぬかるむから、大変らしい。舗装とかってのも、簡単にできるもんじゃねぇんだなぁって思う。

この世界に来てから、元の世界と色々比較しちまう。まぁ、物を見る目が少し変わってきたって感じだ。

宿をとって買い物をし、昼食を済ませると、グス公は村長に会ってくるとか言って、俺と別れた。クソアマと豆粒も、グス公について行っちまったしな。

俺も何もやることねぇし、ついて行くと言ったんだが、俺の目つきで警戒されるとかなんとか言われちまって、仕方なく一人で宿にいることにした。

宿でチビ共と遊んで時間を潰していると、しばらくしてグス公たちが戻ってきた。

「で、これからどうすんだグス公」

「はい。資料に大体のことは書かれていますし、必要な情報はそろっています。村長にお話を伺いましたが、状況はさして変わっていないようです」

「確か近隣の洞窟を根城にしてるんだっけか？　とりあえず、そこを見に行くしかねぇのか」

「待て」

クソアマからストップが掛かった。俺とグス公の意見に引っかかるところがあったのかもしれねぇ。一応、クソアマはプロの騎士らしいからな。こういうときは頼りになりそうだ。

「なぜ、私に聞かないんだ？　この中で一番経験が豊富なのは私だ。リーダーは私だろう？」

……前言撤回《ぜんげんてっかい》。すげぇどうでもいいことだった。こいつプライドばっかり高くて、本当に面倒だ。

「てめぇはなんでそうも、俺の期待を悉《ことごと》く裏切ることができるんだ？」

「貴様！　いきなり人を愚弄《ぐろう》するとはいい度胸だ！」

ギャーギャー喚《わめ》くクソアマをグス公は必死に宥《なだ》めようとしたが、クソアマは聞く耳を持たない。

そんなクソアマを抑えることに成功したのは、意外にも豆粒だった。

「アマリス様。これはグレイス様に課されたクエストです。ですので、必然的にリーダーはグレイス様になるかと」

「む？　いや、確かにそうだが……。それでは私の立場や威厳がだな……」

「アマリス様が私たちをサポートしてくださっているからこそ、安心して進むことができるのです。一緒にいてくださるだけで、頼もしいと思っております」

「そうか！　なるほど！　私は頼りになるからな、うんうん！」

豆粒のお蔭《かげ》でなんとか落ち着いたが、本当にこんなのが騎士でいいのか？　すげぇチョロい。俺はあの国を疑いだしたぞ。

「まぁお姉さまもいらっしゃることですし、ひとまず洞窟に向かいましょうか」

「ん？　おう、そうだな」

そんなわけで、俺たちは洞窟に向かう運びとなった。まぁ偵察《ていさつ》ってやつだろ。

村を出発し、森の中を小一時間進んで洞窟に辿り着いた。

ちなみに本当は三十分くらいで着ける距離だ。途中でグス公が歩けないだなんだと言ったせいで休憩をはさみ、倍の時間がかかった。

しかもクソアマと豆粒も、グス公を庇《かば》うんだよな……。甘やかしやがって。

俺たちは木の陰に隠れて洞窟の様子を窺《うかが》ったが、リザードマンとかって奴は見あたらねぇ。

見えるのは、洞窟の前の少し開けたスペースにある、焚《た》き火《び》みたいな跡くらいだ。

「では、行きましょうか」

「うむ、そうだな。行くとするか」

「はい、参りましょうか」

ん？　もう村に戻るのか？

グス公たちは一斉に歩き出したんだが――違う。こいつら、堂々と洞窟に向かおうとしてやがる。

「待て待て！　集合！　集合だてめぇら‼」

俺は慌てて三人を止めた。

こいつら何を考えてんだ⁉　いきなり真《ま》っ直《す》ぐ突っ込もうとしてんじゃねぇよ！

「は？　なんだ、怖気《おじけ》づいたのか？　なら貴様は一人でそこに残っていろ！　カスが！」

「うるせぇ！　集合だって言ってんだろうがクソアマ！」

俺たちは小声で怒鳴り合いながらも、なんとか集合した。

三人は、すげぇ怪訝そうな顔をして俺を見てやがる。マジかよ、こいつら……。

「てめぇら、今何しようとしてた？」

「リザードマンを倒すんじゃないんですか？」

「もうちっと頭使えや‼」

「ひっ」

くっそ。グス公はビビッて目を逸らしやがった。なんだこいつら？　脳筋《のうきん》かよ、頼むぜ。

グス公の代わりに出てきたのは、クソアマだ。その目つきだけで分かる。俺の言ったことが納得できねぇんだろう。

「怖気づいたのなら残っていろと言っただろう。何が不服なのだ」

「いやな？　敵の数とか、罠とか。なんか、そういうの色々あるんじゃねぇのか？」

「心配するな。五体程度なら、全て私が斬り伏せてやる」

俺は溜息をついて、グス公を振り向く。

グス公は俺をちらちらと見ていた。そうじゃなくて、俺をフォローしようとかはねぇのか。間違ってるのは、てめぇらだからな！

「……グス公、お前資料持ってたよな。リザードマンってのは何体いるんだ」

「え、はい。えーっと……分かりません！　最低十体と書かれていますね」

「丁度いいくらいだな。私が五体、お前ら三人で五体倒せば終わりだ」

なんで豆粒もコクコクと頷いてんだ。グス公も自信満々だし。

チビ共は俺と同じように、こいつらやべぇって顔をしている。今の俺の気持ちが分かってるのは、人間以外の存在である精霊だけだ。

まぁ、百歩譲ってすぐに洞窟に行くとしてもだ。そういう、とりあえず突っ込もうみてぇのは俺の役目じゃねぇのか？　魔法使えるくせに頭は悪《わり》ぃのかよ……いや、魔法使えたら頭いいってのは決めつけか。

「おい、作戦を立てるぞ。まずは装備とか、使える魔法の確認からやるぞ」

「え？　零さん頭でも打ったんですか？　喧嘩《けんか》は先手必勝だって……」

「グレイス様、この年頃の男というのは賢《かしこ》いフリがしたいものなのですよ」

「いいからやるぞ！」

「ひゃい！」

俺の気迫に押されたのか、三人は渋々《しぶしぶ》従った。

ちっ。先手必勝っつっても、時と場合によるだろうが。まだ敵にこっちのことがバレてねぇのに、なんでわざわざ考えなしに突っ込まないといけねぇんだって話だ。

第二十二話　お願いさせてもらいたいんですがぁ

洞窟から少し距離をとり、俺たちは現状の確認をしだした。

その間に、チビ共に洞窟の中の様子を探ってもらうよう頼んでおく。

「おらグス公、お前からだ」

「あ、はい。私は一般的な杖を持っていて、炎の魔法を扱えます。スキルは『炎の魔法の使い手』。契約精霊は二体です！」

契約精霊のとこは、すげぇ笑顔で自信満々に言った。本当に嬉しかったんだな。俺も少し嬉しくなっちまったよ。

「豆粒、次はてめぇだ」

「……」

「おい、さっさとやれ」

「……」

「あのリルリ？　お願いできますか？」

「はい、グレイス様」

　ははは。ぶっとばすぞ豆粒。グス公とクソアマには、素直に従いやがって。俺の言うことは全然聞かねぇんだな！

「武器などは持っていません」

「お前、俺にナイフ突きつけたじゃねぇか！」

「あれは果物ナイフです。私は氷の魔法を使えます。スキルは『氷の魔女』。契約精霊は一体です」

「氷は銀髪になるのか。なるほどな。で、氷魔法ってどんなことができるんだ」

　豆粒は嫌そうに俺を見たあと、手を掲《かか》げる。すると、手のひらの上になんかキラキラしたもんが集まってきた。ありゃ氷か？

　集まったキラキラは、一瞬にして氷のナイフの形になった。おぉ、かっけぇな。

　豆粒はにやりと笑うと、氷のナイフを俺に向かって解き放つ。

　そんなことを想像もしていなかった俺は、なんとかギリギリのところで躱《かわ》した。

　俺の横を通り過ぎた氷のナイフは、背後の木に刺さって止まる。あっぶねえええええええ！

「ちっ」

「てめえええええええええ豆粒がぁ‼　やっぱり俺に喧嘩《けんか》売ってるみてぇだなあああああ

あ！」

「ぜ、零さんお静かに！　敵に気づかれてしまいます！　ね？　リルリも気をつけてください」

「手が滑《すべ》りました。申し訳ありませんでした」

「明らかに狙ってたじゃねぇか！」

クソアマはゲラゲラと笑い転げている。こいつら……！

冗談で俺を殺そうとしてやがる！　敵だらけじゃねぇか！

俺はそんな怒りをなんとか抑えつつ、クソアマを見た。

「おらクソアマ！　次はてめぇだ！」

「あぁ私か。見ての通り、私の剣は高純度のミスリルの剣！　ちなみに、この鎧も高純度のミスリルだ。正《まさ》に選ばれし存在といった出《い》で立ちだろう！　鋼と混ぜているので青くはないが、素晴らしい一品となっている！　雷魔法を扱い、スキルは『雷光の姫騎士』だ。ふふん、どうだ格好いいだろ。……後、クソアマではないと言っているだろう！」

「あぁ、はいはい。すごいすごい」

「ふん。お前程度の奴は、ミスリルなど見たこともないだろうがな。どうだ、羨《うらや》ましいか？ん？」

何こいつはドヤ顔で偉そうにしてんだ……。俺だってミスリルの武器くらい持ってんぞ。

俺は背負っていた鉄パイプを手に持って、クソアマに見せる。

「いや、俺の鉄パイプもミスリルだぞ？」

「……は？　お前は本当にアホだな。鉄パイプは鉄製だろうが」

「あ、あの、お姉さま」

「ん？　どうしたグレイス」

「その、零さんの言ってることは本当です……」

クソアマは、俺の鉄パイプをまじまじと見ている。

俺はしょうがなく、鉄パイプを渡してやった。

クソアマは薄青い鉄パイプを品定めしていたかと思うと、自分の剣で叩きだした。

「おい！　てめぇ何してんだ！」

「本物のミスリルだ……。むしろ、これは私の剣より良い物を使ってるぞ!?　お前こんな物をどうやって手に入れたんだ！」

「盗んだんでしょう」

「ふざけんなよ豆粒が！　これは、ちゃんと俺がもらったもんだ！」

俺の話は一切聞かずに、二人の目はグス公に集中した。もらったって言ってんだろうが！

グス公へ確認しないと信じられないってか!?

「あの、本当です。零さんがお礼にと譲り受けたものでして……」

グス公は、なぜか遠慮がちに答えた。

だが、それでもクソアマは納得できないらしい。

「ありえないだろ……。しかも、なぜ鉄パイプなんだ」

「それは、零さんが鉄パイプがいいと言いまして」

「はぁ⁉ もう私は、こいつのことがまったく理解できんぞ……」

奇遇《きぐう》だな。俺もてめぇのことがまるで理解できないからな。

そんなことを話していたら、俺が偵察を頼んでたチビ共がぞろぞろと戻ってきた。

あれ？ 数が増えてねぇか？ まぁいいか。

俺はチビ共の頭を撫《な》でたり指先を突き合わせたりしながら、情報を確認した。

「数はどんくらいだ」

ふむ、一部の奴らが手を挙げてんな。……十五人。つまり、敵は十五体か。情報より、かなり多いじゃねぇか。十体って話は、どこにいったんだよ。

「洞窟は深いか？」

首を横に振っている。どうやら深くないらしい。ついでに地面に絵を描いて、一本道だったと教えてくれた。なるほど。洞窟の中へ入ることになっても、迷うことはなさそうだな。

「入口は一つか？」

これには首を縦に振った。よし、大体情報は集まった。

そこで豆粒が俺に小声で話しかけてきた。

「おいボケナス。一人で変な動きをしたり、ぶつぶつ話すのはやめろ。僕だけじゃなくてアマリス様も怖がってるぞ」

「あぁ？　……あぁ、そうか」

そうだよな。こいつらには見えてねぇんだった。グス公で慣れてたから、すっかり忘れてたぜ。

それにグス公が確か、精霊が見えるってことは言わないほうがいいって言ってたっけ。気をつけねぇとなぁ。とりあえず、チビ共に教えてもらった情報は村で聞いたってことにしとくか。

「おう。えっとだなぁ、実は村で買い物してるとき、俺も色々と情報を集めたんだが……」

「零さんが村で情報を集めるなんて、無理です」

「話してくれる相手がいないだろう、嘘だな」

「目を見てみんな距離をとっていました。ですので、ありえません」

……三人揃って否定しやがった。心が折れそうだ。が、俺は負けずに話を続けた。

「とりあえず続けるぞ。洞窟の入口は一つ、中は一本道でそんなに深くないらしい。リザードマンの数は十五体ほどだ」

「いや、だからお前が情報を集められるわけがないだろう」

「……グス公と一緒だったんだ」

「へっ？」

急に話を振られ、グス公はきょとんとした。しかし、それでクソアマも豆粒も納得したらしい。

村ってのは嘘だが、情報を集めたのが俺なのは事実なのによぉ……。

「なるほど。グレイス様と一緒だったのでしたら、信用できますね」

しばらく固まったあと、俺がチビ共からその情報を得たのだと気づいたグス公が、あわあわとしだした。まぁ、真っ先にお前が俺には情報収集なんて無理って否定してたからな。

だが、気にするなグス公。お前が悪《わり》ぃんじゃねぇからな、うん。

グス公は俺のその空気を察したのか、話題を変えようとした。

「そ、それで、どのような作戦を立てるのでしょうか？　リザードマン十五体となると、正面突破は厳しいと思われますが……」

「まぁやってやれないことはないだろう」

「アマリス様の仰る通りかと」

「あ、そうですよね！　それじゃぁ正面突破でいきましょう！」

「待てやごらあああああああ！」

息をぜぇぜぇと吐く俺を見て、三人は不思議そうな顔をしている。

もうこのパターンはいらねぇって言ってんだろうが！

「もういい、お前らは俺に従え。作戦は俺が立てる」

「はぁ？　なぜお前のような素人《しろうと》の指示に従わなければならないのだ」

「アマリス様の仰る通りです。ボケナスはすっこんでいるべきかと」

……駄目だ。もう限界だ。

俺は口が歪《ゆが》むほどに、にっこりと笑った。

「ははははははははっ」

急に笑い出した俺を見て、三人はぎょっとしている。

俺はそいつらには目もくれず、無言で鉄パイプを構えた。

そして全力で手近な木の幹をぶっ叩くと、森の中に、いい音が鳴り響く。

三人に視線を戻すと、みんな俺を見てガタガタと震えている。

おいおい、何震えてんだ？　はっはっはっはっは。オレハ、オコッテマセンヨ？

俺の後ろでは、叩いた木がメキメキといいながら倒れる音がした。どうやらこの世界の木は、少しばかり脆《もろ》いみてぇだ。

「んでだなぁ、非常にお嬢様方には申し訳ないと思ってるんですがぁ。俺みたいな下賤《げせん》の輩《やから》の指示ってやつをですねぇ。聞いてもらえないかなぁとか、お願いさせてもらいたいんですがぁ」

三人は、こくこくと首を縦に振った。なんとか俺の思いは届いたようだ。

やっぱり誠意を持って伝えるってのは大事だな。

だけどな、最初っからそうしてればいいんだ。この脳筋どもが。

とりあえず俺は悪くねぇが、でかい音が出ちまったみたいだからな。洞窟の辺りをチビ共に再度調べてもらうか。


チビ共に頼み、戻ってくるまでの間に俺は作戦を考える。火、氷、雷、剣、鎧、鉄パイプ。

……何とでもなりそうだな。

っと、チビ共が戻ってきたか。

確認すると、リザードマン数体が洞窟から出てきて周囲を警戒しているらしい。

まぁこうなっちまったらしょうがねぇな。

俺たちは一旦村に戻り、夜にリザードマンを襲撃することにした。

チビ共には、洞窟周辺に残って、リザードマン共の動きを逐一《ちくいち》報告してもらうように頼んだ。

ちなみに村に戻るまでの間、三人は無言で俺について来た。

ちっ。俺も大人気《おとなげ》なかったしな、フォローくらいはしておくか。

「おい、てめぇら」

「「はい！」」

な、なんだこの統率性の良さは。……フォローなんかせずに、このままでもいいんじゃねぇか？

そんな考えが一瞬よぎったが、まぁ、俺にも悪いとこはあったんだろう。たぶん。

謝るという行動、それに素直に謝れる心が大事だって妹が言ってたからな。

「その、なんだ。さっきは悪かった。でもな、俺はできるだけ誰にも怪我させたくねぇ。

これでも一応心配してんだ。そこだけは分かってくれ」

「零さん……」

「貴様……」

なんでこの姉妹はまったく同じ反応をしてんだ。あぁ、もう一個言い忘れてたな。そっちも言っておくか。

「それと、俺のことは零って呼び捨てでいい。貴様とかって言われるのは勘弁だからな」

「む、そうだな。今後は零と呼んでやろう。私のことも、アマリス様と呼ぶことを許してやるぞ」

「あぁ、よろしくなクソアマ」

「お前は人の話を聞いているのか⁉」

「分かった分かった。ならアマ公でいいな」

「まったく分かっていないな……。だが、それは渾名《あだな》なのか？　渾名《あだな》ってなんか親しみを覚えるな。うむ、悪くないかもしれん」

アマ公は、なんか一人で言っている。なんでこいつらはいつも勝手にぶつぶつ言ってんだ。

……ん？　なんだこの豆粒は。人をじろじろと見やがって。

俺がじっと見ていると、豆粒は目を合わせないようにして、小声で話しかけてきた。

「まぁ、目が怖いけど悪い奴じゃないってのは分かった。僕のこともリルリって呼んでいいぞ、零」

「おう。だけど、もう一回聞いてもいいか？　まじで、なんで素の話し方をしねぇんだ？」

「お二人を尊敬しているからな。それに、メイドが主人にこんな口調で話せるわけないだろう」

「ふぅん、てめぇも苦労してんだな。まぁグス公はそんなこと気にしねぇと思うけどよ。まぁよろしくな、リルリ」

「……ふぇ」

「あぁ？」

なんでリルリは変な声を出してんだ？　そんで、こいつら三人ともなんで俺を見てんだ？

え？　俺がなんかしたのか？

不思議に思っていると、馬鹿姉妹が飛びつくように俺へ詰め寄ってきた。

「零さん⁉　なんでですか⁉　私のことはグレイスって呼びませんよね⁉　グス公は嫌です！」

「そうだぞ！　私のことはクソアマと呼んでいただろ⁉　アマ公で妥協してやったんだぞ⁉　呼べるならアマリスと、ちゃんと呼ばないか！」

なんなんだこいつらは、本当に面倒くせぇ。さっきまで、渾名《あだな》とか親しみを覚えていいって言ってたじゃねぇか。

「まぁ、うん。豆粒よりはな、うん。名前で呼ばれるほうがマシだ」

リルリはなんかぼそぼそ言いながら、少し赤くなって俯《うつむ》いてるしよぉ。どうなってんだ。

チビ共、助けてくれねぇかなぁ。

そう思ってチビ共を見ると、なんか嬉しそうに笑っていた。

俺にはチビ共がなぜ笑ってるのかは分からねぇ。でも、チビ共が嬉しそうにしていることが、俺にもすごく嬉しかった。

第二十三話　音を立てりゃ出てくんだろ

夜の暗い森の中、月明かりだけを頼りに、俺たちは洞窟を目指すことにした。

「暗いです。見えないです。帰りましょうよぉ」

グス公は、ぐすぐすと文句を言っている。とりあえず頭を軽く叩いて黙らせておいた。

第一、月明かりで十分見通せるだろうが。

……あれ？　そういえば俺って、こんなに目が良かったか？　……まぁいいか。

「あ、そうだ」

グス公は何か思いついたように、手をかざした。そして小さな炎を浮かび上がらせる。

炎が暗闇を照らし、周囲を見渡せるようになった。

「これなら怪我もしませんね！」

「ほう、これは見やすいな。グレイス、その調子で前を照らしてくれるか？」

「はい！」

俺は即座に馬鹿姉妹の頭を引っ叩いた。

こいつらは脳みそ入ってんのか⁉　これから何をしに行くのか、まったく分かってないだろ！

「いたっ。おい何をする！」

「痛いっ！　零さん何をするんですか！」

「お前らは馬鹿か！　そんなことしたら一発で敵にバレんだろうが！」

二人は顔を見合わせた後、一緒に俺の方を見て笑い出した。

笑うところじゃねぇだろうが、なんで笑ってんだ！

「洞窟までどれだけ距離があると思ってるんですか？　大丈夫ですよ」

「グレイスの言う通りだ。もう少し頭を使え馬鹿が」

なぜ俺はこいつらと来てしまったんだろう。心の底から後悔し始めた。

すると、後ろで溜息をついたリルリが二人に注意を促す。

「アマリス様、グレイス様。日中ならともかく、深い闇の中では遠くからでも簡単に視認されてしまいます。明かりは消したほうが無難かと」

「リルリまで心配しすぎです！　大丈夫ですって！」

「はぁ……。グレイス様、あちらが見えますか」

仕方ないというように、リルリは前方のぼんやりと浮かぶ光を指差す。あれは……洞窟の方、か？

「えっと……。なんか薄《うっす》らと光っているかな？」

「恐らく洞窟の入口です。暗闇の中では、この距離でもぼんやりと見えてしまうのです」

グス公はリルリの言葉に納得したのか、慌てて炎を消した。

最初からそうしてくれれば早かったのによぉ。ったく、こいつは……。

「いや、だがあれが洞窟の入口だという証拠はあるのか？　第一、なぜあそこが光っている」

アマ公はまだ諦めてないようだ。往生際《おうじょうぎわ》が悪《わり》ぃ。なんでここまで非を認められねぇんだ。

何様だ？　……王女様か。

「アマリス様、きっと、あれはリザードマンたちが焚き火《たび》でもしているのでしょう。他に光が見える理由がありますでしょうか？」

「な、なるほど。そうではないかと私も思っていたのだ、うん！」

いや、絶対嘘だ。

だがそれを言うとまた面倒なことになる。俺はぐっと耐えた。最近、耐えてばかりな気がすんな。

とりあえず馬鹿二人も納得したので、俺たちは進行を再開した。

暗闇の中だったから昼間より時間がかかったが、なんとか洞窟を視認できる距離まで近づいた。

アマ公は、多少疲れたという感じだ。

リルリは平然としている。体力あるな。メイドってのは、みんなこんななのか？

ちなみにグス公は一人、汗だくでぜぇぜぇ言っている。こいつはどうにもならなそうだな。

とりあえず俺は小声でアマ公に話しかけた。これから戦うのに、影響があると困るからな。

「なんか少し疲れてるみてぇだけど、大丈夫か？」

「ん？　あぁ、夜間に行動することはなかったのでな。騎士がこんな盗賊みたいな真似をするとは……」

なるほど、日中しか動いたことがねぇみてぇだ。まぁ、俺の喧嘩《けんか》は夜のほうが多かったからな。むしろ、こっちのほうが動きやすいくらいだ。

少し様子を見ていると、俺たちが来たのは実にいいタイミングだったと分かった。

リザードマンたちが、焚《た》き火《び》を消して中に入って行くところが見えたのだ。

俺は、チビ共にリザードマンたちが全員中にいるのかを確認してもらうことにする。チビ共の帰りを待っていると、グス公に話しかけられた。

「あの雫さん、この後はどうするんですか？」

「ん？　おう。リルリ、お前は氷の魔法が使えるんだったよな？　でっけぇ氷の塊《かたまり》とかを洞窟の入口辺りに出せるか」

「もちろんです」

「その後は、グス公がその氷を溶《と》かしてくれ。で、洞窟の入口にでっけぇ水溜まりを作ってくれるか」

「はぁ……」

「私は何をすればいい！」

「黙って大人しくしてろ」

グス公とリルリは、怪訝そうな顔をしている。アマ公は怒っているのか、しょげているのか。微妙な表情だ。

お、チビ共が戻ってきたな。

俺はチビ共と情報の共有をする。どうやら見張りとかもなく、全員中にいるみてぇだ。馬鹿だな。油断しすぎだろ。

俺は三人に合図をし、洞窟の前に移動した。

そして、俺とアマ公は洞窟の入口の脇から中を覗《のぞ》いて、出てくる奴がいねぇか警戒。まぁチビ共からすぐに連絡が来るから、必要ないっちゃないんだがな。

グス公はリルリと一緒に水溜まりを作ってる。よしよし、作戦通りだな。

「おい、この水溜まりをどうするんだ?」

警戒する視線を動かさないまま、アマ公が聞いてきた。こういうとこは軍人っぽいと感心する。

「とりあえず、この水溜まりに相手を誘導する。そうしたら、お前の雷魔法をぶち込め」

「は? どういうことだ」

「やれば分かる」

この世界は、魔法技術みてぇのは発展してるっぽい。だが、どうやらそのせいで、科学的な知識はあんましねぇみてぇだ。

これまで色んなところを見て、俺はそれに気づいていた。

例えば焚《た》き火《び》をしたり、炭に火をつけたりするとき、日本ではマッチや着火ライターなんかを使う。そんで、よく燃えるように酸素を送りこむべく、何かで扇《あお》いだり、息を吹いたりするわけだ。

だが、こっちの世界では魔法で火を出して終わりだ。そのせいか、火が燃えるには酸素が必要で……とか、そういう知識がいらねぇ。

今回の作戦は、そのあたりの知識を使う。リザードマンって奴らがどんなのかは知らねぇが、これなら確実に引っかかってくれるだろ。

で、十分程経ったころだろうか。俺とアマ公の足元にまで水が来た。

洞窟の入口は水浸《みずびた》しだ。どの程度奥まで濡れているのかは暗くて確認できねぇが、十分だろう。

「おし、じゃぁグス公とリルリは洞窟の入口から距離をとれ。で、俺が合図したら中に魔法をガンガンぶち込め。アマ公は、俺の合図で水溜まりに雷をぶち込んでくれ。後、水溜まりには絶対に誰も入るな」

三人は怪訝そうだったが、俺の言葉に頷いた。

グス公たちは洞窟から少し離れ、入口近くには俺とアマ公だけが残る。

「雷を撃ったあとはどうすればいい」

「リザードマンが水溜まりを抜けてグス公たちの魔法を避けるには、洞窟を出てすぐ曲がるしかねぇ。そこを俺らが叩く」

「ふむ。それなら私からも提案があるぞ」

提案？　脳筋のこいつの意見は聞きたくねぇが、なんか真面目な顔をしてるし、聞いてみっか。

「まぁ、一応聞いてやる。なんだ？」

「一応とはなんだ、一応とは！　まったく……。お前の作戦はよく分からんところもあるが、まぁいい。ただ、このままでは左右のどちらに敵が向かうか分からないのではないか？」

「ん？　確かにそうだな」

「なら、リルリの氷で片側に壁を作らせよう。そうすれば私たちは片方に集中して叩けるはずだ」

やべぇ、俺はアマ公のことを舐《な》めてたわ。すげぇまともな意見だった。

俺はその意見を採用して、リルリに洞窟から出て左側のところに壁を作らせる。長時間持つ壁ではないらしいが、問題ねぇだろう。

とりあえずグス公の炎で壁が溶けてしまわないように、二人の配置を調整する。

ついでに、敵が出て来たらグス公に火で照らしてもらうようにも頼んだ。俺らの視界は良くなるし、敵には目眩《めくら》ましにもなんだろ。

まぁ、こんなもんか。大体の準備は整った。

俺は、小声でアマ公に言う。

「いいか、グス公たちに敵が接近しそうになったら、最優先でそっちに向かうぞ」

「了解した。それでリザードマン共はどうやって誘《おび》き出す？」

「そりゃ簡単だ。音を立てりゃ出てくんだろ」

「なるほど、分かりやすいな」

俺は離れた場所にいる二人を見る。

グス公は深呼吸して、なんとか自分を落ちつけようとしてる。はっきり言って心配だ。

だが、リルリは平然としていた。全然動揺してねぇ。俺のほうが緊張してるくらいだ。まぁ、あいつがいりゃ、あっちは大丈夫だろう。

アマ公は、餌《えさ》をおあずけされている犬のように、俺の合図を待っている。……もしかしたら、こいつはバトルジャンキーなんじゃねぇか？

まぁいい。三人の様子を確認した俺は、敵の誘《おび》きだしを始めることにした。

俺はチビ共からフライパンを受け取る。これ、どこから持ってきたんだ？　……まぁいいか。

俺はフライパンを足元に置いた。三人は、ものすごい顔で俺を見ている。こいつ、頭でもおかしくなったのかと言わんばかりだ。

ちっ、まぁ見てろって。

俺はそのフライパンをだ、鉄パイプで思いっきりぶっ叩いた。

ガン！

おぉ、いい音が響きやがる。森全部に通りそうだ。俺は続けて何度もフライパンをぶっ叩いた。

ガン！　ガン！　ガン！　ガン！

そこで、洞窟内から走って出て来ようとする足音が聞こえた。

おし、いいぞ。俺も叩くのをやめて、アマ公の前に立つ。

洞窟の入口近くにまでリザードマンが出てきたんだろう。グス公がビクリと震える。

まだだ、耐えろグス公。

グス公を見つけたであろうリザードマン共が、真《ま》っ直《す》ぐグス公に向かって行った。

「い、いやあああああ！」

「ちっ」

耐えられなかった。グス公は両手を前にかざし、炎の矢みたいのをリザードマンに連射しだした。

リルリもそれに続いて、氷のナイフのようなものを連射する。

だが正面から来るのが見えている以上、当然相手も対処する。チビ共によれば、リザードマンたちは、盾や武器で防いでいるらしい。

ちっ。出てきたところをアマ公の雷で感電させて、奴らの動きが止まったところを、グス公たちが攻撃する予定だったんだがなぁ。

ん？　ちょっと待て。グス公が錯乱《さくらん》気味に乱射している炎の矢が一本、俺の方に飛んでくる。

待て待て待て待て！　あいつ何してくれてんだ！

そんなことを考えている暇もない速度で、炎の矢が迫って来る。

避けられるか？　……無理だ。

頭の中では、そんなことを考える。だが、体は無意識のうちに動いていた。

俺は鉄パイプを構える。そして……。

「おらぁ‼」

迫って来る炎の矢を、ぶっ叩いた。それはちょうどいい角度で飛んだらしく、洞窟から出ようとしていた先頭にいるリザードマンの顔面に命中する。っしゃぁ！　どうだ、こんちくしょう！

「ま、魔法を打ち返した⁉　お前、何を考えているんだ！」

アマ公がなんか言っていたが、こちとら必死だったんだ！　勘弁しろや！　グス公は後で折檻《せっかん》だ！

ちなみにリルリは魔法を撃ちながら、俺を唖然《あぜん》とした顔で見ていた。

グス公は気づいてもいねぇ！　あの野郎、結果が伴《ともな》わなかったら、どうなってたか！　覚えてやがれよ！

続くリザードマンたちは洞窟から出てくると、魔法を避けるべく左右に展開するような動きを見せた。だが、片側は氷で塞《ふさ》がれている。それに気づいたリザードマンたちは、思った通り、俺とアマ公の方に向かってきた。

さっき炎の矢を打ち返したせいで、俺たちがこっち側にいることはバレている。が、まぁこれくらいなら、予測の範囲内ってとこだろ。

リザードマンたちは水溜まりに足を踏み入れ、先頭の奴が水溜まりを抜けそうになる。……今だ！

「アマ公！」

「待ちくたびれたぞ！　吹き飛べぇぇぇぇぇぇぇぇぇぇぇ！」

「え」

雷がものすげぇ勢いで降ってくる。

俺の視界は真っ白になり、爆音が鳴り響いた。やべぇ予感がして、咄嗟《とっさ》に両手で顔を庇《かば》う。

しばらくすると光が収まり音も消えて、俺は恐る恐る目を開いて状況を確認する。

目の前にあったのは、小さなクレーターだった。もちろん、水溜まりなんて残ってねぇ。

リルリの作った壁も、全部吹っ飛んだ。

作戦ってなんだったんだ……。

「ふん。こんなもんか！」

アマ公が自慢気なのも当たり前だ。そりゃ、こんなことができればなぁ……。

グス公とリルリの方を見るが、グス公は両手を前に出したまま固まっている。

リルリはグス公を落ち着かせようとしながらも、周囲の警戒を怠《おこた》っていないようだった。

こいつは本当にメイドなのか？　……っと、そんなことは後だ。

俺は慌てて洞窟の入口に向かい、光の粒子になって消えようとしてるリザードマンも含め、倒した奴らの数を確認する。

体が欠けている奴もいるが、なんとか数えられそうだな。一、二、三の……十四体か。

……十四？

数が合わねぇ——俺がそれに気づいたのと同時だった。

洞窟の中から、視界を埋め尽くす程の炎が流れ出してくる。

やべぇ！　逃げきれねぇ！

俺が地面を蹴ろうとしたところで、横から誰かが来た。

「零さん！　危ない！」

「なっ……」

肩に強い衝撃が走る。

俺を突き飛ばしたのは、グス公だった。

吹っ飛んで地面に倒れた俺は、慌てて洞窟の方を見る。

その次の瞬間――洞窟から溢れ出た炎が、グス公の体を呑み込んだ。

第二十四話　転がれって言ってんだろうが！

「グス公！」

俺は急いで炎に包まれたグス公に近づこうとする。

だが、肩を掴《つか》んで止められた。

「落ち着け、グレイスは大丈夫だ！　私たちは敵を倒すのが先だ！」

大丈夫？　あの状態を見てこいつは何を言ってんだ。

俺は怒りに満ちた目でアマ公を見る。……だが、アマ公は俺よりも冷静だった。

「リルリ！　グレイスを頼むぞ！」

「お任せください」

そう、冷静に考えればその通りだ。俺が行くよりも、氷の魔法を扱えるリルリがグス公の手当に行ったほうがいい。

だが、理屈じゃねぇんだよ。

俺は頭に上った血を抑えることができず、洞窟の中に向かって駈け出した。

「おい待て！　くっ」

背中からアマ公の呼び止める声が聞こえた。

洞窟から離れて外で戦うほうがいいに決まっている。でも、そんな理屈は全部頭の中から流れて抜けて行く。

洞窟の中に入って間もなく、暗闇の中にいるそいつを見つけた。

さっき出てきた他のリザードマンたちよりもかなり大柄だ。手には大きな剣を持っている。

口から炎が零《こぼ》れ出してるのを見るに、さっきの炎はこいつが吐いたものなんだろう。

俺は走っている勢いを止めずに、そのまま突っ込んだ。ちょっと図体《ずうたい》がでかいくらいで、調子に乗りやがって！

「おおおおお！」

こちらの動きに気づいているリザードマンは、その剣を高く掲げる。

俺が間合いに入ったところで振り下ろし、両断するつもりだろう。

んなもん、避けりゃいいだけだろうが！

俺は構わずに相手を睨みつけ、足を止めない。

そのとき、俺とリザードマンの目が合った。

リザードマンの体がビクリと震え、動きが一瞬止まる。そして僅《わず》かに目を逸らしながら、剣を振り下ろす。

「どこ見て剣を振ってやがる！　そんなの当たらねぇぞ！」

俺はその剣を、体を捻《ひね》って避《よ》けた。

はっ。目つきが悪《わり》いってのも、たまには役に立つじゃねぇか！

思いっきり振り下ろされた剣は地面に刺さり、隙が生まれた。

よし！　今のうちに相手の左足目掛けて突っ込む！

「転がってろやあああああ！」

俺は鉄パイプを振り上げ、渾身の力でリザードマンの左膝《ひだりひざ》を横からぶっ叩いた。

グラリ、とリザードマンの体が揺れる。

だが、リザードマンは倒れずになんとか踏ん張った。うざってぇな！　耐えてんじゃねえよ！

「転がれって言ってんだろうが！」

俺は間髪《かんはつ》を容《い》れずに、左足でリザードマンの腹に蹴りをぶち込んだ。

体勢を崩していたリザードマンは、流石《さすが》に耐えきれずにそのまま後ろに倒れ込む。

おっし、あとはこのままフルボッコにしてやらぁ！

鉄パイプを振り回しながら、俺は倒れたリザードマン目がけて突っ走る。

「どけ！」

「……あぁ？」

俺はその言葉で、咄嗟《とっさ》に横に跳んだ。

後ろから突っ込んできたのは、アマ公だ。上段に構えられたその剣は、雷を帯びている。

俺はそれを見て、さっきの魔法を思い出した。そして一気に血の気《け》が引いた。

「お、おい待て！」

「はあああああああああ！」

アマ公は俺の制止なんて当然聞きもせず、気合とともに全力でその剣を倒れているリザードマンへ振り下ろした。

この後どうなるかは知っている。俺は慌てて、軽鎧で守られていない自分の顔と腹を腕で庇《かば》う。

次の瞬間、周囲に激しい衝撃が走り、俺は吹き飛ばされた。

体は壁にぶつかり、耳はキーンとしている。

うぅ……頭の中もぐらぐらしやがる。こ、このクソアマが……。

俺はなんとか体を起こし、アマ公に近寄った。

「おい！　てめぇ何考えてんだ！」

「ふふん。どうだ見ろ。一撃のもとに粉砕《ふんさい》してやったぞ！」

「そうじゃねぇだろうが！　こんなとこでそんな攻撃をしたら、洞窟が崩れんだろうが！」

「……あ」

俺の言葉を聞き、アマ公はやっと事態を把握したようだ。

だが責めるのは後だ。今は急いで洞窟を出ないといけねぇ。

一応、リザードマンが本当に死んだか確認しようと思って近づくと、地面に変な物が落ちていることに気づいた。

洞窟の中は真っ暗なのにもかかわらず、はっきりと見える。闇よりもさらに濃い色をしたそれは、黒い石ころみたいなもんだ。

俺はそれが気になり、何となく手に取ってしまった。

なんだこれ？　光ってるわけでもねぇのに、なんでこんな物が見えたんだ？

そんなことを考えていた俺の手を、アマ公が掴《つか》む。

「おい！　何をしている！　早く出るぞ！」

「お、おう。……いや、てめぇのせいだからな⁉」

俺はひとまず黒い石ころをポケットに突っ込んで、慌ててアマ公と洞窟を出ることにした。

洞窟は揺れていて、変な音がする。

だが、そこまで奥深くにいたわけではなかったのが幸いだった。俺たちは洞窟が崩れる前に、なんとか無事脱出できた。

俺とアマ公は入口から少し距離をとり、ちらりと後ろ目で洞窟を見る。

どうやら洞窟は崩れていねぇようだし、さっきまでみたいに揺れてもいなかった。

「ふぅ、とりあえず一安心だな」

「ふん。崩れていないではないか。余計な心配だったようだな」

このクソアマ……。

俺がアマ公に一言言ってやろうとしたとき、後ろで激しい崩落音が響く。

俺たちは慌てて振り返ったが、洞窟はすでに崩れて、入口には瓦礫《がれき》の山ができていた。

「……んで、余計な心配がなんだって？」

「こ、こういうこともある！」

本当に反省してんのかこいつは……。いや、そんなことは後だ！

俺は急いでグス公のところに向かう。

「おい、グス公！」

「リルリ、もうちょっと氷をもらえますか？　……うう、痛いです。って、零さん！　そちらは大丈夫でしたか？　私は結構熱かったです！　ちょっとだけ火傷《やけど》しちゃいましたよぉ」

……は？　火傷《やけど》？　その程度で済むような量の火じゃなかっただろ⁉

てか、グス公はなんでこっちをじーっと見てんだ？

お？　ぶるぶる震えながら指差してきやがった。

俺の手を指差してんのか？　手？

「……なななななな、なんでお姉さまと零さんは手を繋いでるんですか⁉　私だって繋いだことがないのに！」

「はっ。ちっ、ちちちち違うんだこれは！　違うんだ！」

アマ公は叩くように俺の手を放した。

馬鹿姉妹はそのままギャーギャーやっている。……ったく、手なんて兄弟や姉妹でも繋ぐだろ。

そういや、さっきはアマ公に手を引っ張られたお蔭《かげ》で、洞窟から出れたんだったなぁ。

一応、礼を言っておくか。

「アマ公、さっきは助かった。ありがとな」

「はっはっはっは！　私の偉大さがやっと零にも分かったか！　ならば、これからはアマリス様と呼ぶことを許そう！」

「で、グス公もありがとな。火傷《やけど》は大丈夫か？」

「無視するな！」

うるせぇなぁ、アマ公。

グス公は手のところどころを火傷《やけど》したらしく、リルリに渡された氷で冷やしていた。

見た感じじゃ、油が少し跳ねたくらいの火傷《やけど》だ。これなら跡も残らねぇだろう。

てか、なんで火傷《やけど》で済むんだ？　あんなの、明らかに死んでてもおかしくないと思ったんだがなぁ。

「私は大丈夫ですよ。零さんが無事で良かったです」

「あぁ。んで、なんでそのくらいで済んだんだ？　見た目ほど、炎が強くなかったってことか？」

「あれ？　言っていませんでしたっけ？　私は炎の魔法の使い手ですから、炎には強い耐性があるんですよ」

……聞いてねぇよ……そういう大事なことは、作戦立ててるときにちゃんと伝えろや。

まったくよぉ。心配させやがって。

「す、すみません、言ってませんでしたっけ？　……もしかして怒ってます？」

「……怒ってねぇよ。でも次は、先に言っておいてくれ」

俺はグス公の頭に軽く手を載せて撫《な》でた。

さっきは俺に魔法をぶっ放したりもしてくれたが、助けられちまったからな。

「ふぁ!?」

「ありがとな」

グス公は、またあわあわ言っている。

この姉妹はすぐにあわあわ言うが、これは血筋かなんかなのか？　あの威厳たっぷりで偉そうなおっさんも、あわあわ言うのか？　……ちょっと見てみてぇな。

まぁとりあえずは、だ。一段落ってところか。


すぐに村に帰っても良かったんだが、一応グス公の火傷《やけど》のことやみんなの疲労も考えて、俺たちは洞窟の前で少し休んでから戻ることにした。

俺とリルリで焚《た》き火《び》の用意をした後、どこに持っていたのかは分からねぇが、リルリが出したポットから注がれたお茶を飲んで一息つく。

「なんとかなりましたね！」

「グレイス様とアマリス様のお力かと」

「リルリはよく分かっているな！」

俺のことは無視かよ。まぁいいんだけどよ……。

俺はチビ共にもお茶を分けてやりながら、三人のやり取りを眺めていた。

こういう時間も悪くねぇもんだ。

っと、そういやさっきのあれはなんだったんだ？　俺はさっきポケットに突っ込んでおいた、黒い石を取り出してみた。

んー？　なんだこりゃ？

「おいチビ共、これが何か知ってるか？」

それを見たチビ共の動きが止まった。

なんだ？　始めて見るリアクションだ。チビ共は、どことなく悲しそうに黒い石を眺めている。

この石に何かあるのか？

「……ん？　お、おい雫！　それを放せ！」

「あん？　いてっ！」

アマ公が俺の手を叩き、その衝撃で黒い石は俺の手から地面に落ちた。

いきなり人の手を叩くとか、こいつ常識なさすぎだろ。

「おい、いきなり何すんだ」

「大丈夫か⁉　体に違和感などはないか⁉」

は？　なんでこんなにアマ公は焦ってんだ？　こいつが俺の心配をするとか、よっぽどのことだろ。

「この石ころ、何かあるのか？」

「馬鹿者！　何かあるどころではない！　どこで拾ったんだ！」

アマ公は真剣だ。触ることすら悍《おぞ》ましいと言わんばかりに、石との距離をとっている。

急に立ち上がったアマ公は、石をもう一度見た後に剣を抜いて俺に突きつけた。

「もう一度聞くぞ。この石をどこで拾った。それとも、お前はこの石と何か関係があるのか！」

グス公とリルリは事態を把握できずに固まっている。

俺は首元に剣を突きつけられているにもかかわらず、なぜかさっきのチビ共の悲しそうな顔を思い出していた。

一体、この黒い石に何があるっていうんだ？

第二十五話　……俺は別の世界から来た

「答えろ！　お前は精霊解放軍と関係があるのか！」

精霊解放軍？　なんだそりゃ？　こいつらは解放しなくても、すげぇ自由にやってんだろうが。

この黒い石と、その組織が何か関係があるのか？

……だが、何よりもアマ公がこんなにピリピリしている姿は始めて見た。

恐らく、この石はかなりやばい代物なんだろう。

余計なことを言えば、火に油を注ぐことになりそうだ。

俺は別にアマ公と敵対をしたいわけじゃねぇ。言葉は慎重に選ぶべきだな。

「お姉さま、落ち着いてください！　零さんは……」

グス公はそこまで言うと、唇を噛《か》んで俯《うつむ》いた。俺の事情を話していいかどうか迷ったんだろう。俺の方を見て、どうすればいいか困っているようだった。

……俺がちゃんと話すべきだろうな。

「アマ公、まず最初にはっきり言っておく。俺はてめぇらの敵じゃねぇ」

これだけでアマ公が引くはずがない。思った通り、俺に剣を突きつけたまま問いつめる。

「ならなぜその石を持っていた！」

「洞窟の中で拾った。あの一際《ひときわ》大きかったリザードマンが落としたような感じだった」

「その証拠はどこにある！」

まぁこうなるわな。俺が石を拾ったところを見てた奴はいねぇ。俺の疑いが晴れないのも当然だ。

だが、俺には解放軍とかいう奴らと繋がりようがない。俺の事情を知っていれば明らかなことだが、誤解を生んでしまったのは、これまで事情を隠してた俺に責任があるだろう。

「いいか、今から突拍子《とっぴょうし》もないことを言うぞ」

「……それを判断するのはこちらだ」

俺はゆっくりと深呼吸をする。手には汗がにじんでいて、自分が緊張しているのが分かる。

なんで、こんなに緊張してるんだ？

少しだけ、考える。……そうか。短い付き合いだってのに、俺はこいつらに嫌われたくないんだ。

異常な奴だと思われて、距離をとられたくない——だから、こんなに緊張してんだな。

ははっ、ちゃんちゃらおかしいな。

あんだけ元の世界では強がって生きてきたのに、ちょっと優しくされて普通に接してもらって、ほんの数日一緒にいただけでこんなもんだ。

強がってた頃とあんまり変わってねぇ気がしてきて、思わず笑いがこぼれた。

「何を笑っている。早く答えないか！」

あぁ、アマ公をまた怒らせちまったな。

俺はゆっくり首を横に振って、表情を引き締める。

「悪《わり》ぃな……。まず、俺は精霊解放軍とかいうのと関わる時間がなかった」

「面白いことを言うな。だが、お前がグレイスと出会う前、何をしていたか私たちは知らない。謎のままだ」

「そりゃそうだ。謎なんじゃなくて、言っても分からねぇからだ」

俺の要領を得ない言い方に、アマ公は苛立《いらだ》っているように感じる。

別にそんなつもりはなかったが、気に障《さわ》っちまったらしい。もう、さっさと言っちまったほうがいいだろう。

「……俺は別の世界から来た」

俺がそう言うと、アマ公は沈黙した。

まぁ、そりゃそうだろう。突然別の世界から来ましたとか言われても、何言ってんだこいつって思われて終わりだ。

だが、嘘は言いたくねぇ。だから正直に伝えようと思った。

「俺はグス公と出会う数日前に、この世界に来た。その数日間は森の中にいたんでな。この世界で始めて出会った人間がグス公だ。つまりそのよく分からねぇ組織の奴らに会う時間はねぇし、会ったところで精霊とかも知らなかったから意味がねぇ」

グス公はハラハラしているように見えた。リルリは真偽《しんぎ》を図《はか》りかねてるってところか。

アマ公は少し俯《うつむ》いて考えた後、こっちを見た。

「なるほどな」

お、信じてくれたのか？　やっぱ人間話し合いが大事だよなぁ。良かった良かった。

後は黒い石のことを聞けばいいな――

その時だ。俺は反射的に、手に持っていた鉄パイプで防御の構えをした。

直後、強い衝撃を受けて吹っ飛ばされる。

「な……」

俺はアマ公の剣で吹っ飛ばされたらしい。背中を木に打ちつけて、しばらく呆然としちまった。

突然だったのに、俺もよく反応できたもんだ。

「お前のことを信用していたとは言わない。だが、こんな時にまでくだらない嘘をつく奴だとは思っていなかった」

……そうか。どうやら聞く耳持たねぇってところか。

なんとか剣を防ぐことができたのは、運が良かったとしか言えねぇだろう。

俺は立ち上がり、アマ公に向かって鉄パイプを構える。

どうやら一度ボコらねぇと、話を聞くつもりはねぇみたいだな！

「上等だクソアマが！　一度寝てろ！」

「ほざけ！　今すぐ黙らせてやる！」

鉄パイプと剣を構えて、俺らは互いに睨み合う。

アマ公は騎士だが、一対一の喧嘩《けんか》なら俺だって場数を踏んでる。

負けるはずがねぇ。ぜってぇボコってやらぁ――！

その場を、妙な緊張が包む。手に汗握るってとこだ。相手がいつ動くか、自分が先に動くか。目をガンと開いて、アマ公の動きに注視する。

そんな俺たち二人の間に、割り込んだ人物がいた。

「二人ともそこまでです！」

一触即発《いっしょくそくはつ》だった俺とアマ公の間に入り込んだのは、グス公だった。

状況が分かってねぇのか？　何考えてんだ、こいつは！

「邪魔だ！　どいてろ！」

「その通りだグレイス。離れていろ」

だが、グス公は頑《かたく》なに退こうとしない。くそっ、あぶねぇのが分からねぇのか。

「いいかグス公。今のアマ公は、頭に血が上っちまってて話ができねぇ。一度ボコるしかねぇんだ！」

「ふん。そんなことができると思っているのか？　詳しい話は牢屋で聞いてやろう！」

だがグス公は動かない。グス公が間にいる以上、俺とアマ公も動けねぇ。ちっ。どうすんだこれ。

「今……ます」

グス公が、何かを呟いた。

なんだ？　よく聞こえなかったが、なんて言ったんだ？

「あ？」

「む？　グレイス、なんと言ったのだ？」

「今すぐやめてくれないと、二人のことを嫌いになります‼」

……は？　いや、この期《ご》に及んでこいつは何言ってんだ？　そんな状況じゃねぇのは見て分かるだろ。今は、アマ公を黙らせるしかねぇんだ。嫌いとかそんな話で、アマ公が冷静になるわけがねぇ。

そう思ったんだがな……それは、俺の勘違いだったようだ。

「分かった。剣を収めよう。やはり話し合いが大事だからな」

アマ公はあっさり剣を収めた。むしろ、『やばい嫌われる！』って顔をしているのが見てとれるくらいだ。

いいのか……？　これで……。

とりあえずアマ公が退いた以上、俺にも戦う理由はない。

鉄パイプを足元に置き、焚《た》き火《び》の周りに座り直す。それに釣られるように、アマ公も座った。

「お互い落ち着いてくれて良かったです」

グス公は満足気な顔をしている。いや、こんな方法、アマ公以外には通用しねぇからな……？

グス公は一口茶を飲んだあと、真面目な表情で口を開いた。

「お姉さま、零さんの言っていることは本当です」

「……グレイス、お前を疑うわけではない。だが、今はこの男を信用できるような証拠がない」

その通りだ。俺だってアマ公の立場だったら同じように思う。

てか、アマ公が脳筋じゃなかったことに驚いているくらいだ。証拠とか言って、こいつ、実は頭使ってたんだな……。

「証拠ならあります！」

いや、ねぇだろグス公。なんでこいつは自信満々に言ってんだ？

それとも俺が気づいてないだけで、何か証拠があったのか？

「なら、それを提示しろ。でなければ、私は引くつもりはない」

アマ公の言葉に、俺は傍《かたわ》らに置いてある鉄パイプを握り締めた。いつ、もう一度襲い掛かられるか分からねぇからな。

俺たちは、グス公の言葉の続きを待った。今この場は、グス公中心に回っていると言っても過言《かごん》じゃねぇ。こいつ次第で、さっきの続きが起きる。

……だが、グス公から出た言葉は予想外のものだった。

「それは私です！」

うん。……うん？

あぁ、アマ公もぽかーんとしてる。そりゃそうだよな、うん。俺も同じ気持ちだ。

俺はなぜ、一瞬でもこの馬鹿を信じてしまったのだろうか。

ここはさっさと逃げたほうがいいんじゃねぇか？　いや、でも逃げたら疑われたままか？　困ったな。

グス公はそんな俺らを置いてけぼりにして、堂々とした口調で続ける。

「お姉さま、零さんは魔法も精霊も地理も、本当に何も知りませんでした。ゴブリンを見たときですら、『なんだあれ』って言ったくらいです。それくらい何も知りません。そんな人は、この大陸に絶対にいません！」

あぁ、確かにその通りかもしれねぇ。俺にこの世界の常識がねぇってのは、グス公が一番よく分かってるだろう。いや、でもそれだけじゃな？

「言いたいことは分かる。だが、それがこいつの演技だったらどうする？　騙《だま》すためにそういうフリをしていた可能性もある」

「零さんはそんなに器用じゃありません！」

「てめぇ、俺のこと馬鹿にしてんのか!?」

くそが！　ちょっとは真面《まとも》な理由が出たかと思ったが、所詮《しょせん》こんなもんだ。

やっぱ逃げるか？　退路はすでにチビ共が確認してくれたようだ。ぶんぶん手招きしてるしな。いつでも行けるぞ。

俺が腰を浮かし、逃げようとしたときだった。

なぜかアマ公とリルリは俺をじっと見て、動こうとしない。あぁ？　なんだこりゃ？

「あぁ……」

「なんだてめぇらの、その反応は!?　やっぱり喧嘩《けんか》売ってんだろうが！」

なんなんだよ、俺ってそんな風に思われてんのか？　正直、めちゃくちゃ気に入らねぇ。

俺だって芝居《しばい》の一つや二つやれんだぞ!?　……やったことはねぇけどよ。

おい！　チビ共！　俺の肩とか足をポンポン叩いて慰めるような仕草をするのはやめろ！

「ふむ。グレイスがそこまで言うのなら間違いないだろう。零、疑って悪かったな」

「私は最初から信じておりました」

「てめぇらマジで覚えてろよ……」

こいつら、絶対《ぜって》ぇ後でいてこましてやるからな。

だがまぁ……とりあえず状況が落ち着いて逃げる必要はなくなった。もちろん、納得はしてねぇが。

「さて、私のお蔭《かげ》で誤解も解けたことですし、話を戻しましょう」

で、なんでグス公は偉そうにしてんだ。お前も後でシメっからな。

いや、一応助けてくれたんだから見逃してやるべきか？　こいつ、ギリギリうまいことやりやがるから、中々シメらんねぇ。

「ふむ、そうだな。黒い石をリザードマンが持っていた、か」

「そのことなのですが、アマリス様。黒い石や精霊解放軍とは、一体なんなのでしょうか？」

「む……」

アマ公は言いづらそうにしている。軍の機密情報とかそんなのなんだろう。

解放軍ってのはアマ公の敵みてぇだし、ってことは国家と対立してる感じがするしな。

「これは機密情報なのだがな。精霊解放軍とは、人が精霊を扱っていることを許せずに、解放しようと動いている者たちだ。この辺りで見かけたという情報はなかった。なので零がそうだったのなら、かなりまずいことになると思っていた」

「なんで精霊を解放しようとしてんだ？」

「……精霊を扱うことにより、世界は乱れる。精霊は世界の上位存在であり、人が扱うのではなく、人が精霊に扱われるべきだと考えているらしい」

「へぇ……なんかの愛護団体みてぇなもんか。自然は大切にねってことだな」

俺の譬《たと》えにピンと来なかったのだろう。三人は頭に「？」マークを浮かべていた。いや、まぁいいけどよ。

「まぁいい。それで黒い石とは、そいつらが扱っていると言われている石だ。かなり危険でな、触れた者の魔力を吸い上げる」

「吸い上げると、どうなるのですか？」

グス公の疑問ももっともだ。確か、人は精霊と契約したら魔力を渡したりとかしてんだろ？　なら、石に吸われたって問題ねぇんじゃねぇか？

「ひどい場合だが、昏睡《こんすい》状態になり、目覚めなくなったケースがあると聞いている」

「なっ……」

俺は思わず声をあげちまった。おいおい、そんなにやべぇもんなのかよ。

……あれ？　でも俺はなんともなかったよな？

「アマリス様、零さんは平気だったように思われましたが……それはなぜでしょうか？」

俺の疑問はリルリが聞いてくれていた。そうそう、それが知りてぇんだよ。この後ぶっ倒れるとかは、ごめんだからな。

「正直、分からない。極秘《ごくひ》に黒い石を色々な人に触らせる実験をしてみたのだが、何も起きなかった者はいない。グレイスとリルリも、指先でちょっとだけ触ってみろ。そうすれば分かる。だが、ちょっとだ。気をつけろよ」

グス公とリルリは立ち上がり、地面に落ちている黒い石のところまで行った。

そして恐る恐る石を指先で突《つつ》き、すぐに飛び退《の》く。

「な、なんですかこれ？　一瞬でガバッと魔力が持っていかれましたよ⁉」

「はい。危険なんてものではありません。少し触っただけで、体に倦怠《けんたい》感を覚えるほどです」

やっぱりやべぇもんなのか？　うーん。でも、俺はなんともなかったんだよなぁ。

「なぁ、俺も触ってみていいか？」

「あぁ、触ってみてくれ。どういうことなのか、少しでも分かればこちらも助かるしな」

俺も二人と同じように指先で突《つつ》いてみる。……なんともねぇなぁ。

俺はさっきと同じように、普通に手で持ってみた。

「ばっ、馬鹿者！　すぐ放せ！」

「……いや、やっぱりなんともねぇな」

ただの黒い石だ。なんかちょっとだけ変な感じはするが、それだけだ。どういうことだこりゃ？

「零さんが異世界の方というのも信憑性《しんぴょうせい》が出てきましたね。この世界の人間にしか効果がないのかもしれません。アマリス様はどう思われますか？」

アマ公は顎《あご》に手を当てて、考え込んでいるようだ。そりゃこんなわけ分からんことになれば、アマ公じゃなくても悩むわな。

「……そうだな、正直、今のところはその線以外、考えられないとしか言えない。だが、一体どういうことなのか……」

「あの、ちょっといいですか？」

そこで、間に割って入ったのはグス公だった。何か気づいたのかもしれねぇ。俺たち三人の視線はグス公に集中する。

「グレイス、何か分かったのか？」

「いや、もしかしたらなんですけど……」

「おう、とりあえずなんでも言ってみろや」

「えっと、そのですね……」

もじもじと言いづらそうにしている。

もしかして、俺はやばい病気とかなのか？　そういうことか？

まさか死ぬのか？　……いや、もう一回死んでるな。

「零さん、魔法使えなかったじゃないですか」

「……ん？　あぁ、そうだな」

「は？　魔法が使えない？　そんなことがあるわけないだろう」

うるせぇなぁ。俺だってちっとは気にしてたんだから、追い打ちかけんじゃねぇよ、アマ公。

だが、リルリはそれでピンと来たようで、口元を手で押さえた。

「グレイス様、まさか……」

「はい……」

なんだ？　分かってねぇのは俺とアマ公だけか？　魔法が使えないからどうしたって

んだ。

「おい、焦《じ》らすなよ。早く言ってくれ」

「えっと、その……」

グス公は意を決したように、俺を真《ま》っ直《す》ぐに見た。そして目を逸らした。

そういうコントはいらねぇから早くしろや！

「零さんは魔法が使えないんじゃなくてですね。魔力がまったくないんじゃないかなって」

「……は？」

俺とアマ公は、思いっきりマヌケ面《づら》を晒《さら》していた。

……いや、俺はともかく、アマ公は驚きすぎだろ。

第二十六話　別に魔法とか使えなくてもいいんじゃねぇか？

「魔力がない奴なんて見たことがないぞ？　そんなことはありえん！」

アマ公はそんなことはないと、なぜかご立腹《りっぷく》だ。推測なんだから、怒ることはねぇだろ。

「ですがお姉さま。零さんは異世界人ですし、そういう可能性もあるのではないでしょうか？　実際、魔法が使えませんし」

「気合が足りないだけだ！」

なんでも気合で片付けるのはどうなんだ？

あれ？　でも前にそんなこと言ってた奴が他にもいたなぁ。……まぁそれはどうでもいいな、うん。決して俺が言ったわけじゃねぇ。

「グレイス様。魔法が使えないということは、割と致命的だと思うのですが」

「はい。そんな人は見たことありませんし、かなり大変だと思います。魔法が使えないと、生活も成り立ちませんし……」

「だから気合が足りないだけだ！　ちょ、なにをしゅるはにゃせ！」

うん、アマ公はとりあえず黙ってろ。俺は無言でアマ公の頬をつねって引っ張り上げた。

うーん、魔力がねぇってことは、どんなに頑張ってもやっぱ俺は魔法が使えないのか。

こいつはまずいことになったな。

「何か魔法を使う方法とかはねぇのか？」

「うぅん……もともと魔法というのは、使えて当たり前なんです。子供でも使えます。つまり零さんは子供以下です」

「役立たずですね」

グス公とリルリにものすげぇ馬鹿にされてる。

だが、それくらい魔法ってのは、この世界で必要不可欠なもんなんだろう。

「やっぱりあれか？　俺のいた世界では魔法ってのは誰も使えなかったからな。その辺が関係してんのか？」

「魔力が満ちていない世界で生まれた人は、魔法が使えない……ですか。新説ですね。証明できれば、学会で発表できそうです」

リルリは変なとこに興味が湧いたみてぇだった。

それにしても困ったな。どうすりゃいいんだ……。

みんな黙り込んじまった。無言で色々考えてるみたいだ。俺のために悪《わり》ぃな。

だが、アマ公だけは頬をさすって俺の方を睨みつけている。もちろんスルーだ。

——いや、待てよ？　なんか雰囲気に流されちまったが、本当にまずいのか？

そもそも俺は魔法なんて元から使えなかったんだぞ？　あれ？　別に今までと変わらなくねぇか？　前に火を出せなかったときにも同じこと思ったような……。

「やっぱり何か魔法の補助ができる道具を探すとか……」

「いえ、魔法を使えるようになるよう、原因を調べるというのはいかがでしょうか」

「……まぁ、確かに魔法が使えなくては生活にも困るしな。こいつのために何かをするのは癪《しゃく》だが、調べるのも悪くない」

三人は俺を可哀想な子を見るような目で見つめている。

そこで俺は迂闊《うかつ》にも、ポロッと思ったことを言ってしまった。

「いや、よく考えたら別に魔法とか使えなくてもいいんじゃねぇか？」

「「「は？」」」

あ、なんだこれ。ものすげぇ勢いで睨まれたり心配されたりしてんぞ。三人の目がそう言ってる。

「零さん正気ですか⁉　魔法が使えないということは、火をおこすことすらできないんですよ⁉」

「これだからボケナスは……。世間知らずとでも言えばいいんでしょうか」

「いや、火くらい火打石があればおこせるだろ」

俺は近くの枯れ葉を集めて、カチッカチッと火打石を鳴らして火を点《つ》けた。よし、もう慣れたもんだな。

「なぜそんな面倒なことをせねばならないんだ。確かに自分に適性のある属性以外の魔法は、攻撃に使えるほどの威力は出ない。だが、日常生活程度には十分使えるんだぞ？　水一つお前は用意できんだろうが」

「水くらい、水筒に入れて持ち歩けばいいんじゃねぇか？」

「無駄な荷物ですね」

呆れ顔のアマ公に言い返すも、リルリに冷たくあしらわれた。

なんかまったく話が通じねぇな。そうか、この世界では魔法ってのは当たり前なんだ。

俺にとってはないほうが当たり前だったが、ここじゃ使えないのが異端《いたん》ってことだろ。

困ったな、どう説明すりゃ納得するんだ。

そこで俺の目にチビ共が入る。そうだ、こいつらがいた。

「まぁ待てって。魔法が使えないのは確かに不便かもしれねぇ。でも問題はねぇ。だって精霊も魔法は使えねぇんだろ？」

完璧だ。精霊を崇拝《すうはい》してるともいえるこいつらなら、これで納得するはずだ。

精霊が魔法を使えないんだから、俺が使えなくてもいいじゃねぇか理論だ。長い名前の理論だが、まぁいいだろう。

「馬鹿か、お前は精霊じゃないだろ」

うん、駄目だった。即アマ公に否定された。

てか、こいつら最近俺のことを容赦《ようしゃ》なく罵倒しすぎじゃねぇか？

それに慣れてきてる俺がいるってのも、なんかやべぇ。

「ま、まぁとりあえず俺の話は置いておこうぜ？　それより気になってたことがあるんだ」

「気になっていたこと、ですか？」

「おう」

グス公は首を傾げている。こいつは何も疑問に感じてねぇのか？

「アマ公はよぉ、確か馬車で村に向かってるとき、王家に敵対勢力なんていねぇって言ってたよな？　なのに精霊解放軍だっけか？　そういうのがいたじゃねぇか。どういうことだよ」

「うっ……」

アマ公は目を逸らして誤魔化そうとしている。

いや、こんな四人（とチビ共）しかいねぇとこで、誤魔化せねぇからな？

ほれ見ろ。グス公もリルリもお前に注目してんぞ。

アマ公は視線を戻したり逸らしたりを繰り返し、最終的には観念した。

「はぁ……。まぁこの状況では誤魔化せないな。実際、王国に敵対する組織などはある。機密《きみつ》事項のため、伏せておいたのだがな」

「あぁ、そういやお前軍人だっけか。そうは見えねぇけど、案外しっかりしてんだな」

「……色々と言いたいことはあるが、そういうことだ」

ってか、敵がいるって分かってたのに、こいつはあの馬車で来たのか。本当に頭悪《わり》ぃな。

……まぁいい、今の問題はそこじゃねぇ。大事なのは王国に戻るまでの道中も、色々気をつけねぇといけねぇってことだ。

「アマリス様。私も敵対勢力の噂は耳にしておりますが、具体的にどの程度いるのでしょうか？　帰り道に襲われる可能性なども踏まえて、お聞きできればと思うのですが」

リルリの疑問はもっともだった。

アマ公もすでに観念したようで、正直に話すつもりみてぇだ。

ちなみにグス公だけ、本当に敵対勢力なんていないと思っていたらしい。一人ショックを受けて会話にも参加してこなくなった。

「……そうだな。精霊解放軍以外にも、王族の統治が気に入らない貴族や武人、民もいるだろう。後は組織ではないが、最近活発になっているモンスターも問題だな。だがそのどれも、この辺にいるという報告はなく、危惧《きぐ》してなどいなかったのだ」

「モンスターが活発に？　どういうことだ？」

「お前、本当に別の世界から来たんだな……」

「いや、だからそう言ってんだろうが」

アマ公は一つ溜息をついたが、説明をしてくれるようだった。いや、知らねぇもんはしょうがねぇだろ。

「もともと、モンスターと人は敵対関係ではある。だが、それは基本的に人がいない場所に限っての話だ。理由は単純だが、人が多い場所にモンスターは好き好《この》んで近づいて来ないからだ。あいつらにだって、危険を回避する能力くらいはある」

「そりゃそうだな。逆に考えれば、モンスターが多いとこに人がのこのこ行くわけねぇもんな」

「そういうことだ。にもかかわらず、最近モンスターは頻繁に目撃されているし、人が襲われたという報告も多数ある。こんなことは、本当はありえんのだ」

なるほどなぁ。何かモンスターが人を襲う理由があるってことか。

前は襲わなかったのに、今は襲う理由。当たり前だが、俺にはさっぱり分からねぇな。

……あ、待てよ？

「黒い石と関係があるのか？」

「……それは分からない。モンスターが黒い石を持っていたという報告は今のところはない。そもそも本当に持っていたのだとしたら、なぜそいつらは無事だったのかという疑問もある」

「そうですよね。ちょっと触っただけで、あんなに魔力を持っていかれちゃうんですから……」

少し立ち直ったらしく、グス公が会話に参加してきた。

うーん、それにしても分からねぇことばっかりだ。これからどうすんだこれ？

俺たちは四人とも頭を抱えていた。

そうだ、チビ共は黒い石を見て悲しそうな顔をしてたよな。何か知ってるのかもしれねぇ。

俺はこっそり、チビ共に聞いてみることにした。

「なぁ、お前らこれが何か知ってるのか？」

チビ共の態度はさっきと変わらない。悲しそうな顔で、ゆっくりと頷いた。知ってるのか……。

続けて俺はこれが何かを聞こうとしたが、チビ共は首を横に振るだけだった。なんか言いたくねぇっつぅのかな。そんな感じがする。

だから、俺はそれ以上聞くのをやめた。今は言いたくねぇってことなら、チビ共が言う気になるまで待ってやるのも大事だと思ったからだ。

当然、他の三人には内緒にしておく。

「まぁでも、とりあえずクエストは達成したわけですし、そろそろ王国に戻りましょうか？」

「そうだな。では出発するか」

「いえ、アマリス様。もう少ししたら空も明るくなってくるはずです。そのほうが安全かと」

立ち上がろうとしたグス公とアマ公を、リルリが制した。

「む、確かにそうだな。ではこのまま、しばし小休止をとることにしよう」

「だな。まぁなんか色々あったが、とりあえずは戻ってから考えるしかねぇよな」

三人も俺の意見に賛成らしく、首を縦に振った。

まぁなんだ。分からねぇことばっかりだからな、やれることからやるしかねぇ。

第二十七話　何か考えがあるのか？

朝になり空が白《しら》んできた頃、俺たちは村に戻ることにした。

まぁ少し明るくなっただけとはいえ、夜歩くより数倍マシだ。何しろ、ちゃんと道が見えるしな。

一応警戒しながら歩いているせいもあるが、数時間休んだだけだった俺らは割と疲れていて、みんな無言だ。

そろそろ村が見えてくるというところで、朝靄《あさもや》が出だして視界が悪くなった。

「この辺りは、朝に霧《きり》がかかることが多いので」とは、リルリの言葉だ。

まぁもう村に近《ちけ》ぇし、大した問題じゃねぇだろ。

間もなく森を抜け、村に到着という辺りでか。俺たちは異変に気づいた。

村の方が、こんなに朝早くなのに騒がしい。

「おい、なんだこの騒ぎは？」

「お祭りの用意とかですかね？」

俺とグス公は呑気《のんき》なもんだった。だが、アマ公とリルリは違った。明らかに身構えている。

「二人とも木の陰に隠れて伏せろ。物音を立てるなよ。リルリ、後方の警戒をしろ」

「仰せのままに」

リルリは後方に目を配《くば》り、警戒を始めた。

俺もこっそり周りを確認しようとしたが、視界がもやもやしててよく見えねぇ。

だが、アマ公は違ったようだ。はっきりとした口調で俺たちに言った。

「……精霊解放軍だ。あの全身黒ずくめの格好は間違いない」

「あぁ？　どれだ？」

　身を乗り出して見ようとした俺を、アマ公が手で制した。

　だがまぁ俺にも一応見えた。霧《きり》のかかった村の中に、黒い奴らがうろうろしている。

「なぜこんなところに……？」

　アマ公の疑問に、当然俺たちが答えられるわけがない。とりあえずアマ公の指示に従い、そのまま様子を見ていることしかできなかった。

「王族……姫が……」

「森……？　何人……」

　何か言っているが、断片的にしか聞こえずよく分からねぇ。

　だが一つだけはっきりした。こいつらの狙いは、王族だ。かなりやばそうな感じがする。

「狙いは私とグレイスか。しかし、なぜここにいることがばれたんだ」

「いや、そりゃあんな馬車で動けば王族はここですよって言ってるようなもんだろ……」

「うっ……。き、きっと情報が漏洩《ろうえい》していたに違いない。さて、どうしたものか」

　どうしたものかは、てめぇの頭のほうだろうが。

　だがまぁ、今ここでアマ公と言い合ってもしょうがねぇ。

　あの黒い奴らに見つかるのはどうにもやばそうだ。森に戻るか？　それとも何かうまいことやりすごす方法が別にあるか？

「……よし」

アマ公の決断は早かった。流石《さすが》頼りになるな。てめぇのポカのせいだが、なんだかんだで頼りになる。ここは任せるとするか。

「殲滅《せんめつ》しよう」

「ちょっと待てや！　……お前らも構えるな！」

俺の言葉に、アマ公は心底不思議そうな顔をしていた。そういや、こういう奴だった。後先考えねぇんだ。

グス公とリルリもやる気満々で立ち上がって構えていたが、俺は二人の頭を押さえつけ、座らせた。

「いいか落ち着け。敵の数も分からねぇのに、無暗《むやみ》に突っ込んでどうすんだ。今は早く王国に戻ってだな。ここに兵を派遣させるとか、そういう方法のがいいんじゃねぇか？」

「なるほど、確かにそれも悪くないな。だが、とりあえず斬り伏せてしまえば……」

「おっし、それじゃぁ馬車まで隠れて移動すっぞ。運良く霧《きり》で視界も悪いことだしな」

当然アマ公の意見は無視だ。

王族ってのは過激派かなんかなのか？　正直、こいつの将来が心配だ。

ってか、あの王国もだな。こんな奴ばっかりいるんじゃねぇだろうな？

俺が有無を言わさずに移動を始めたことにより、三人も俺について来た。

また怒らせたら面倒だとか、そんな声も背後から聞こえる。だが無視だ。

俺はチビ共に偵察を任せ、比較的バレにくいルートを選んで村に停めてあった馬車に向かう。

まぁその甲斐《かい》あって、見つかることなく馬車に辿り着いた。

黒い奴らに馬車を押さえられてる可能性も考えたが、誰もいなかった。こっちからしたら好都合だ。

「リルリ、馬車はすぐ出せるか？」

「問題ありません。こっそりと脱出するには都合の良い霧《きり》です。周囲の警戒をお願いします」

そう言うと、リルリは素早く馬車に乗り込み動かし始めた。

ちなみに、グス公はとろくさいから馬車の中に押し込んだ。外の警戒は俺とアマ公で十分だ。

「チビ共、こっちに近づいて来る奴はいるか？」

首が横に振られる。どうやらいねぇみてぇだな。後は、うまいこと脱出するだけだ。

「おい、独り言はやめろ。ちゃんと警戒をしないか」

アマ公に注意されちまった。気が逸れてたのは悪いが、こいつに言われると腹立つんだよなぁ。

……そういや、チビ共のことは話してなかった。まぁ落ち着いたらきちんと話すか。

とりあえず誰にも見つかることなく馬車を出すことができ、俺とアマ公も乗り込んだ。

なるべく音を立てないように、ゆっくりとリルリは馬車を進ませる。

そして村を出る門の辺りまで来たところでだ。黒い奴らが二人立っていた。

ちっ。どうする？　やるか？

「零様、私の横に座っていただけますか？　それと、お二人は絶対に顔を出さないでください」

リルリはそう言って俺に手招きする。

俺はその言葉を怪しみながらも、リルリへ近づいた。

「あぁ？　何か考えがあるのか？」

「時間がありません。早く」

とりあえずリルリの言葉を信じて、俺たちは従うことにする。

馬車をまた進ませると、当然のように門にいる奴らにばれた。

「おい！　お前たち何をしている！　どこに行くつもりだ！」

まぁ、こうなるわな。どうすんだリルリ？　俺はちらりとリルリの顔を見る。だがその表情に動揺はなく、眉一つ動かしていなかった。

「はい。これより王都に戻るところです」

「王都にだと？　こんなに朝早くにか！　何をしに行く！」

「ご主人様、いかがいたしましょうか？」

「……」

「ご主人様？」

は？　え、これ俺に言ってんのか？　……やべぇ、何も浮かばねぇ。俺が何かしなきゃいけねぇんなら、前もって言っておけよ！　くそっ。困った、どうする。

そのとき、リルリが俺にこっそり耳打ちした。

「何も話さなくていいです。ただこの二人を見てください」

それだけでいいのか？　まぁ相手も不審がってるし、今はリルリの言葉を信じるしかねぇ。

俺は黙って二人を順番に、ゆっくりと見た。

「ひっ！」

「こわっ！」

「あぁ⁉」

「ご主人様！」

くっ。リルリに止められ、俺はなんとか耐える。

目を合わせた途端、黒い奴らは悲鳴をあげやがった。

さっきまで少しこいつらにビビッてたが、今は腹が立ってしょうがねぇ。アマ公の言った通り、ぶっとばしたほうがいいんじゃねぇか？

「申し訳ありません。ご主人様はこのように、少し短慮《たんりょ》なところがある方でして……。王都に屋敷があるので、ただ帰るだけです。この村には慰安《いあん》で参りました」

「そ、そうか。だが、慰安なのに二人でか？」

「……ご主人様はこの通りの方でして、一緒に来られる方が限られてしまいます」

「あぁ……」

「メイドも苦労してるんだな……」

納得された。むしろ同情的にリルリのことを見ている。俺は一体どんな風に見られてんだ……。

「まぁ、こんなボロい馬車くらい通しても問題ないだろう。それに、さっきからすげぇ目で睨まれてるしな」

「だな。俺たちが通すなと言われたのは、王族専用の黒い馬車だ。今にも殴りかかられそうだし、ここは穏便に済ませよう。よし、通っていいぞ」

すんなりと、俺たちの馬車は通された。そのまま馬車を進ませ、街道に出る。

危機は脱したって感じだが、俺は俯《うつむ》きながら怒りを抑えるのに必死だ。

村から少し離れたところで、リルリが小声で俺に話しかけてきた。

「どうだ？　僕の読み通りだろ。馬車の偽装がうまくいって良かったな」

「あぁ、そうだな……」

俺が下を向いたまま返すと、リルリは顔を覗《のぞ》き込んできた。

お前、なんでそんな不思議そうな顔してんだ！

「どうかしたのか？」

「さっきのあれはなんだ！　短慮なご主人様⁉　苦労してる⁉」

「ちっ。抜けられたんだからいいだろうがボケナス。僕の作戦に感謝して土下座でもしてろ」

「うぜえええええええええええ！」

そのとき、後ろからノック音が聞こえた。顔を出してきたのは、グス公とアマ公だ。

「うまくいったみたいだな。助かったぞ、リルリとご主人様」

「はい、私の作戦通りにいきました。ご主人様のお蔭《かげ》です」

「さすがリルリですね！　零さんもおつ……ふふっ。お疲れ様です、ご主人様」

「うるせえええええ！」

三人は面白そうに声をあげて笑った。チビ共も笑いながら転げ回ってる。

実際うまく抜けられたせいで、俺はその怒りのぶつけどころがなくなっていた。

くそっ！　納得いかねぇ‼

納得はいかねぇが、突破できた。後は黒い奴らに気づかれねぇうちに王都に戻るだけだ。

俺たちは霧《きり》の中、王都に向けて馬車を進ませた。

第二十八話　俺はヒモになる気はねぇぞ!?

霧《きり》が晴れる頃、もう村からは大分離れていたが、俺らは警戒を怠っていなかった。

今のところ、後方には人影も特にねぇ。気が抜けないとはいえ、とりあえず一安心だ。

リルリも警戒していることだし大丈夫だろうと思い、俺は中にいる二人に話しかけようと後ろを向いた。

「おい、あいつらはお前たちを狙って何をするつもりだったんだ?」

「さあ……正直、私にはさっぱり分からなくて……」

だろうな。グス公は最初から頼りにしてない。

俺は、もう一人を見る。アマ公は目を閉じたまま、渋い顔をしていた。

明らかに話しかけるなっつーオーラが出てる。とりあえず機密とか色々あるんだろうし、無理に聞くこともできねぇ。

諦めて前を向こうとした、その時だった。

「国家転覆《てんぷく》だ」

アマ公の言葉に、俺はものすごい勢いで再び振り返った。ぐぉっ、首が……。

こいつ、今すげぇことを言わなかったか⁉

「こ、国家転覆⁉　冗談だろ？」

「本当だ。精霊と共に生きようとしている我々と違い、彼らは精霊を解放しようとしている。今や精霊なくしては国を保つことができない我々と精霊解放軍とは、相反する存在だ」

淡々《たんたん》としたアマ公の言葉に、俺は呆然としていた。

おいおい、まじかよ。そんな大ごとになるのか？

「なら、あの時、もし村でお前らが攫《さら》われてたりしたらどうなってたんだ？」

「人質だろうな。私とグレイスの命を助けて欲しかったら、精霊を解放しろというところか。精霊を解放しさえすれば、王国を潰そうとはしないはずだ。過去にも似たような要求があった」

「精霊至上主義って感じか。なんかやべぇことになってきたな……」

グス公はどうせあわあわしているだろうと、ちらりと見て様子を窺《うかが》ってみる。

だが、意外にもグス公は毅然《きぜん》としていた。

あれ？　誰だこいつ？　いや、グス公なんだが、普段と違いすぎんだろ。

「リルリ、馬車を急がせてもらえますか？　至急、王国に戻る必要があります」

「はい、かしこまりました」

リルリは顔色一つ変えずに馬車の速度を上げた。

馬車が進む中、グス公とアマ公は中で何か色々話している。俺にはさっぱり分からない話だ。

その姿は、俺が初めてちゃんと見たグス公の王族としての姿だったのかもしれない。震えてもおらず、堂々としたものだった。

グス公もアマ公も今後の国のために色々と考えている。

リルリだってそんな二人を支えるべく、しっかりと働いているしな。

俺だけが置いていかれている——そんな焦燥感《しょうそうかん》が胸に走った。

「零さん？　零さん！」

「お、おう。どうした？」

そんな俺の思考を止めたのはグス公だった。

なんか、こいつはいつもそういうタイミングで話しかけてくる気がする。気のせいか？

「もう、聞いてなかったんですか？　ですから、戻ったらまずは国王に報告をします。その後に今後どうするか、ということになると思うんです」

「ん？　あぁ、そりゃそうだろうな。で、それがどうしたんだ？」

何が言いてぇか分からず続きを促す俺に、グス公は不機嫌そうになった。

いや、分からないもんはしょうがねぇだろ……。そんな顔されても困る。

「ですから！　そうしたら私も城から出にくくなるかもしれないじゃないですか」

そう、その通りだ。

じゃあ……俺はどうなるんだ？

いや、旅をして、あちこちで色んな奴らに会ってみるつもりだったが……。

一人で行くのか？

――そう、それは考えてみれば当たり前のことだった。

分かっていたはずだ。グス公は王族で、やるべきことがある。

これからも変わらず一緒に旅をする――何となくそんなつもりでいたんだ。

グス公も旅をしようって言ってたし、まぁそれも悪くねぇかなって思ってた。

……だが、旅なんかできるわけがねぇんだ。

俺は理解してたはずなのに、今までそのことから目を逸らしていた気がする。

くそっ。どうすりゃいいのか、すっきりしねぇな。

こんなもやもやっとした格好悪いことを男が言えるわけねぇ。だから俺は強がって、こう答えるしかなかった。

「あぁ、俺のことは気にすんな。適当になんとかするからな。一人には慣れてるから安心しろ」

グス公の顔を見ずに明るい声で言う。自分で言うのもなんだが、精一杯の強がりだった。

俺が人とちゃんと接するようになったのは、こいつが初めてだったからかもしれない。

ずっと一緒にいられる気がしてた。

でも、俺はもともと一人だったんだ。今さら一人に戻ったところで、大したことじゃねえ。チビ共だっているしな。

それにあれだ、色んな奴と仲良くなろうって決めたんだ。これからの出会いに期待して、ポジティブに行こうじゃねぇか。

そう考えて、グス公に視線を戻したときだ。

「零さん本当に聞いてなかったんですね……」

「こいつは、この状況で何を言っているんだ……」

「ボケナス」

「あぁ⁉　おいリルリ！　てめぇ今なんて言った！」

リルリは前を向いて知らんぷりだ。こいつの暴言は後ろの二人には聞こえていなかったらしく、二人は不思議そうな顔をしてやがる。くそったれ！

「で、なんだよ！　聞いてなかった！　悪《わり》ぃ！」

「なんで怒ってるんですか⁉　悪いのは零さんですよね⁉」

「だから謝ってんだろうが！」

あれ、少し元気が出てきた気がするな。怒ると元気が出るのか？　……いやいや、そんな馬鹿なことはねぇだろ。でも、なんか調子が出てきた気がする。

そういや、この世界に来たばっかの頃は、チビ共と旅に出るつもりだったんだしな。俺は一人じゃねぇし、グス公と別れるくらい大したことじゃねぇ。そう思うと、急に気持ちが軽くなってきた。

「もう！　ですから、報告が終わったら調査とか色々あるじゃないですか！　だから、一緒に旅をする約束は少し先になるかもしれないって言ったんです！」

「あぁ？　旅なんてただの口約束だろうが。お国の一大事のときに気にすんな」

「気にするに決まってるじゃないですか。私のせいで零さんまで城で引きこもりになるのかと思ったら、すごく悪いなぁって……」

「は？　なんで俺が城で引きこもるんだ？」

「え？　私を手伝うからに決まってるじゃないですか」

俺は、ぽかんと口を開けたままになった。

手伝う？　俺がグス公を？　なんで？

そういうのはリルリに頼めよ。俺は書類仕事とか、まっぴらごめんだぞ。

俺が不思議そうな顔をしているのにグス公も気づいたのだろう。慌てて話しかけてきた。

「え、ちょ、ちょっと待ってください。零さんもしかして、私を置いて一人で旅に出るつもりだったんですか⁉」

「いや、そう決めてたわけじゃねぇんだが。そういう流れかなぁって」

グス公は溜息をついた。いや、グス公だけじゃねぇ。アマ公もリルリもだ。

なんだこれ。俺はそんなに変なことを言ったか？

——いや、言ってねぇ！　もう一回考えてみたが、俺が城で仕事するとか、やっぱおか
しいだろ。

しかしグス公はそうは思ってねぇらしい。

「駄目ですからね！　一人で旅に出たりしたら！」

「いや、だがなぁ。俺が城で仕事するとか変じゃねぇか？　なら、予定通り旅に出たほう
が……」

「だから駄目ですって！　あ、もしかしてお金とかのことですか⁉　それなら問題ありま
せん！　零さん一人くらい私がなんとかします！」

「俺はヒモになる気はねぇぞ⁉」

「とりあえず駄目なんです！　いいですか、約束ですからね！」

よく分からねぇが、俺は城で何かをするらしい。

その後も色々話を聞いたが、グス公の手となり足となり働けと。すげぇ嫌なんだが。

……そうだ、アマ公がそんなこと許すわけがねぇだろう。

俺はちらりとアマ公を見る。

「まぁこいつは謎が多いからな。野放しにするのも危険だし、致《いた》し方ないか……。いや、だがそれなら私の下のほうがいいんじゃないか？」

「お姉さま、零さんは私のです。私が面倒を見るのは当然です」

一瞬でアマ公の意見は却下《きゃっか》された。アマ公の下は俺も正直勘弁だ。

だが何よりもだ、アマ公がグス公に押されている。こんな怖《こえ》ぇグス公は初めて見たぞ。体や目からオーラを感じる。やべぇ。

後、俺はヒモでも奴隷《どれい》でもねぇから、『私の』とか、そういう扱いは止《や》めて欲しいんだが……。

「わ、分かった。確かに、零に慣れているお前の下のほうがいいだろう。だが、旅とはどういうことだ⁉　私はお前たちが二人で旅をすることなど認めないぞ！」

「お姉さまの許可など求めていませんので」

「グレイス⁉　なんか急に私に冷たくないか⁉」

グス公は会話を一度止め、アマ公に近づき何か耳打ちしている。

なんだ？　内緒話か？　アマ公に冷たくなった理由を聞かれたくないって感じか。

「お姉さま、私気づいたんです。ちゃんと捕まえておかないと、零さんみたいな人は勘違いして一人でどっかに行ってしまうんだって。ですから、絶対に逃がしません。それと、お姉さまにだって負けませんから」

あれ？　なんか背筋がぞっとした。風邪か？

っと、なんでチビ共は急に俺にしがみついてんだ？　大量の引っ付き虫が体にくっついてるみてぇになってる。しかもチビ共、青い顔して震えてる気が……。精霊も風邪を引くのか？　後で温かい飲み物でも用意してやるか。

「グ、グレイス？　なんか勘違いしているようだが、私は別に……」

「ふふ、勘違いならそれでいいんです。でも、私が言ったことは忘れないでくださいね？　絶対に邪魔だけはしないでください。リルリ、聞こえているのでしょう？　あなたもですよ？」

「は、はい！」

なんで今リルリにまで話が飛んだんだ？　肝心《かんじん》なところは小声で聞こえなかったし……まぁいいか。

なぜか暴走気味のグス公と、アマ公やリルリとのやりとりも気になるが、今はチビ共のほうが心配だ。リルリに何かないか聞いてみるか。

俺は横で馬車を操《あやつ》っているリルリに声をかける。

「なぁ、リルリ。何か温かいものとかあるか？　ねぇなら、別にいいんだが」

「……なぁ、僕こう見えて結構耳がいいんだ」

耳？　何言ってんだこいつは。耳はかなり悪いだろ。俺は温かいものの話をしたんだぞ？

まったく……頼むぜ？　こいつらの中では、お前は俺と同じ常識人枠《わく》にだな、ギリギリ入るか入らないかくらいの位置にはいると思ってるんだからな？

……いや、やっぱり入ってねぇか。うん、でもまぁ常識的なとこもあるってことで。

そんな考えにはまるで気づかずに、リルリはよく分からん一声を掛ける。

「頑張れよ」

「あぁ？　おう、頑張るぞ？　いや、今は温かい物をだな……」

適当に返事をしたら、リルリはそのまま前を向いてしまった。

結局、リルリから温かい物を得られなかった俺は、とりあえずそこらにあった毛布でチビ共を包んでやった。

そんなことをしているうちに、城と王都が見えてきた。

俺は、城に入ってみたかったのは認めるんだけどよぉ。あんな窮屈《きゅうくつ》そうなところで生活したくねぇんだけどなぁ。

さっきまで一人で旅か、とか考えてブルーになってたのが馬鹿みてぇだ。

手伝ってやりたいとは思うんだが、グス公の手足となって働くくらいなら一人旅してぇな……。

第二十九話　チビ共はどう思うよ？

王都に戻った俺たちは、すぐに城へ入り陛下《おっさん》のもとに向かうことにした。

報告を急いでいるのは分かるが、一息つく暇もねぇとはな。……逆に言うと、それくらい切迫《せっぱく》した状況なんだろう。

足早に広間へ向かう途中、城の廊下で俺たちに声を掛けてくる奴がいた。

「アマリス！」

俺たちは声のした方を見る。

そこにいたのは、茶色い短髪にごつい鎧を着た奴だった。でけぇ。二メートルくらいあるんじゃねぇか？　アメフト選手やプロレスラーみたいな体をしてやがる。

「ゴムラス騎士団長。副団長アマリス、ただいま戻りました」

「うむ、ご苦労。グレイス様もご無事で何よりです。で……そちらが噂の彼ですかな？」

噂？　噂ってなんだ。

てか、アマ公が副団長ってことのほうが驚きなんだが……。この国本当に大丈夫か？

こいつは上司だから、アマ公に対してタメ口なんだな。

そんなことを考えていると、アマ公が俺をちらりと見て紹介した。

「ええ、零と言います。長い付き合いにはならないと思いますが、お見知りおきを」

「てめぇと長い付き合いなんて、こっちから願い下げだ」

「なっ⁉ せっかく紹介をしてやったのに、そんな言い方はないだろう！」

自分から言ったくせに、なんで怒ってんだこいつは。

そんな俺らのやり取りを見て、ゴ……ゴリラスだっけか？ そいつは笑ってた。

「はっはっは。いや、陛下に大層な口を叩いた者がいると聞いたのだが、間違いなく彼のようだな」

「あぁ？ 俺に何か用なのか、ゴリラのおっさんよぉ」

俺がそう言った瞬間、三人が固まった。あん？ どうしたんだ、こいつら。

「零さん！ その方はこの国の騎士団長でして……」

「さっき聞いた」

「ですから！」

「はっはっはっは！ いや、グレイス様お気になさらず。面白い青年ですな。大抵の者は初めて私に会ったとき、委縮《いしゅく》して小さくなるのですがね。彼にはそんな節《ふし》が見えません。見どころのある男だ。どうだい、騎士団に入ってみる気はないか？」

「そんな堅《かた》っ苦《くる》しそうなところは、まっぴら御免《ごめん》だ」

俺はうんざりという顔をしたが、ゴリラは気にせず上機嫌だ。

「はっはっは！　そうかそうか、そうだろうな。まぁ、これからまた顔を合わせることもあるだろう。よろしく頼む」

「おう、こっちこそよろしくな」

ゴリラは嬉しそうにしていた。結構気のいい奴だな。

距離感が近いってのか？　悪くねぇ感じがする。

「あ、騎士団長。少しお話があるのですが」

立ち去ろうとしていたゴリラを、アマ公が呼び止めた。

それに反応して、ゴリラは足を止める。

「ん？　何かあったのか？」

「はい、東の村で精霊解放軍を見ました」

ゴリラは真剣な顔に変わり、少し考えるように顎《あご》に手を当てた。さっきの温和な雰囲気はまったくない。

「……それは本当か？　なら、あの村が解放軍に与《くみ》してると？」

「いえ、恐らく私とグレイスが村に向かったと知り、解放軍が向かったのかと」

「情報が漏れていたってことか……。参ったな」

流石《さすが》騎士団長って感じだ。話が早い。こんな奴がなんでアマ公を副団長にしたんだ？

親の七光《ななひか》りってやつか。……いや、でも実際魔法とかはすごかったよな。じゃぁ実力なのか？　アマ公の実力、ねぇ……。

「それで、急ぎ東の村に人を派遣していただきたいのですが」

「あぁ、早くしたほうがいいだろうな。分かった、それはこっちでやっておく。お前たちはすぐに陛下のもとへ報告に向かってくれ」

「はっ。よろしくお願いいたします」

ゴリラは慌ただしく立ち去って行った。頼りになりそうな奴だ。

どうせならアマ公じゃなくて、あぁいう常識的な奴と一緒に行きたかったな。

そう思った直後、俺の後頭部が叩かれた。

「ってぇな！　何しやがるアマ公……いてっ！　おいグス公！　いてっ！　リルリてめぇ！」

アマ公を筆頭《ひっとう》に、俺は代わる代わる頭をぶっ叩かれた。

こいつらは俺の頭を太鼓《たいこ》かなんかと勘違いしてんじゃねぇか⁉　ふざけんじゃねぇぞ！

「おい、てめぇらいい加減に……」

「いい加減にするのはお前だ、この馬鹿者！　あの方が誰だか分かっているのか⁉　この国の騎士団長にして、王国最強の騎士だ！　心の広い方だったから良かったようなものの、下手をしたら首が飛んでいてもおかしくなかったのだぞ！」

「あぁ？　知るかよ。……痛《いて》ぇっ！」

文句を言ってきたアマ公に、俺はまた叩かれた。こいつらは本当に自重《じちょう》しねぇな。

……あれ？　そういやあのゴリラ、俺と目を合わせようとすらしなかったな？　そっちについても、変な噂が流れてんのか？

その後もアマ公に説教されながら進み、俺たちは王の間に着いた。ちなみに後頭部はまだ痛《いて》ぇ。

チビ共は俺の体をよじ登って、後頭部を擦《さす》ってくれてる。本当にこいつらだけが俺の味方だ。

「よく戻ったな、四人とも」

「はっ」

俺の前にいた三人が跪《ひざまず》く。だが、俺はそれをボーッと見ていた。

そんな俺に気づいたアマ公が、素早く振り返って俺の耳を引っ張った。痛《いて》ぇ。

仕方なく、俺も三人と同じく跪《ひざまず》く。

「アマリス、やめなさい。彼は客人であり、配下や国民ではない。強制することではない」

おっさんに注意されて、アマ公は跪《ひざまず》いたまま頭を下げる。

そうだそうだ、おっさんの言う通りだろ。自重しろよ、アマ公。

「はっ。失礼致しました。……おい零、私に恥をかかせるな」

小声でボソッと言うんじゃねぇよ！　くそっ。やっぱり城で生活とか絶対できねぇ。

俺のそんな思いを知ってか知らずか、報告ってやつが始まった。

「では、報告をさせていただきます。東の村にてリザードマンの討伐に成功いたしました。しかし奇妙な点や問題もありました」

ふと思ったが、このクエスト受けたのグス公だろ？　アマ公が報告しちまっていいのかよ。

たぶん、アマ公はグス公のためを思って自分がしゃべってるんだろうが……過保護じゃねぇか？

そう俺が思っていると、おっさんも正《まさ》にそう思ってたみてぇだ。

「待ちなさいアマリス。報告はグレイスにさせなさい」

うんうん、おっさんも分かってるじゃねぇか。

だがアマ公は、少し前に出ようとするグス公を手を制した。

「申し訳ありませんが、速《すみ》やかに対処したい問題が多かったため、私からご報告をさせていただけないでしょうか？　すまないグレイス、お前の邪魔をする気はないのだが……」

「いえ、お姉さまの言う通りです。村のことを考えましても、ここはお姉さまに報告をしていただいたほうが、話が早いかと思います」

その言葉を聞き、おっさんは「ほう……」と声をあげて少し笑った。

姉妹の成長が窺《うかが》えて嬉しいって感じだろうか？　まぁ、グス公がいいんなら俺はいいんだけどよ。

そして合意もとれたので、アマ公はそのまま報告を続けた。

「まず奇妙な点ですが、討伐した一際《ひときわ》大きいサイズのリザードマンが、黒い石を落としたことを確認いたしました。両者の間に何らかの関係性があるものと考えられます」

「モンスターが黒い石を、か……」

なんだかんだで、アマ公は俺の言ったことを信じてくれていたらしい。リザードマンが黒い石を落としたって言ってくれてるしな。それならそうと言ってくれれば、こいつも可愛げがあるのによぉ。

「さらに洞窟から戻る際ですが、東の村で精霊解放軍の姿を確認しました。こちらに関しては騎士団へすでに連絡をしておりますので、確認に動いているはずです」

おっさんは何かを考え込むように目を閉じると、再び瞼《まぶた》を開けて頷く。

そして俺たちをゆっくりと見回した後に、口を開いた。

「ふむ、至急報告書の提出を。報告書はグレイスに書かせろ。アマリス、手伝ってやりなさい」

「かしこまりました。報告は以上となります」

「よろしい、下がって休むといい。彼にも部屋を用意して差し上げろ」

「はっ」

ちっ。またグス公には何の言葉もなしか。気分が悪くなる前に、さっさとここから出るに限るな。

俺らは立ち上がり、アマ公を先頭に広間から出ようと扉に向かった。

その扉の前に来たところで、おっさんから声がかかる。

「……それとグレイス。よくやった。これからも励みなさい」

「え……は、はいっ！　ありがとうございます！」

グス公は振り返って、おっさんに向かって深く礼をした。

なんだよ、おっさんも良いとこあるじゃねぇか。

嬉しそうに笑うグス公を見て、なんだか俺も嬉しくなった。

ちょっと認められたってことかもな。


広間を出た俺たちは、とりあえずグス公の部屋の前に来た。

「では、私はお姉さまと報告書を作ります。零さんはゆっくり休んでください。リルリ、こちらは大丈夫ですので零さんをお願いします」

「はい、かしこまりました」

「今日はたぶんもう会うことはないだろう。後日、今後の方針が出ると思う。その時にな、零」

「おう、お疲れ。そっちはまだ大変みてぇだが、頑張れよ」

二人と別れた後、リルリに案内されて前と同じ部屋に通された。飯はリルリが持ってきてくれるらしい。

グス公はアマ公と一緒に報告書作成。部屋に案内してくれたリルリも、すぐにどこかへ行った。

ということで、俺は久々に自分とチビ共の時間を迎えた。なんか、やっとゆっくりできんな。

だが流石《さすが》に疲れていて遊ぶ気にはなれず、ソファに座ってぐったりしていた。

あぁ、それにしても良かった。グス公も頑張った甲斐《かい》あって、少し認められだしたわけだしなぁ。

そうは思いつつも、どうしても今後のことを考えちまう。

俺がやりたかったことって、これで一応、一段落なんだよな。

グス公はこのまま俺に手伝えとか言ってたが、他の奴がいい顔をするとは思えねぇ。

得体の知れない態度の悪い奴が、姫様に取り入ってる。そんな風に思われるのがオチだろう。

本当にどうすっかなぁ。

「チビ共はどう思うよ？」

まぁチビ共の反応は、困ってたり喜んでたり、様々だ。

そういや、チビ共は俺について来てくれたが、何かやりたいこととかあるのか？

今後はこいつらのことも考えていかねぇとな。世話になりっぱなしだし。

そんなことを考えていたら、扉を叩く音がした。

第三十話　それじゃぁ行くか！

俺の返事を待たずに入ってきたのは、リルリだった。

「失礼いたします」

「いや、しれっと入って来てるけどよぉ。俺まだ何も返事してねぇよな？」

「私が入っても良いと判断しましたので」

「それは俺の判断じゃなくて、てめぇの勝手な考えだろうが」

この豆粒メイドは、本当に俺の言うことを聞きゃしねぇ。

……まぁいいか。リルリのこういう態度にも慣れたもんだ。

それにしても、飯のいい匂いがする。さっさと食って横になるかなぁ。

リルリはテーブルの上に飯を並べて、茶を淹《い》れてくれた。さすがに仕事はちゃんとするらしい。

そしてタ飯を食い始めたのだが、リルリはなぜか部屋から出ずにそのまま俺を見ている。

食べ終わるのを待って皿を回収するってことか？　なんか急《せ》かされてるみてぇだなぁ。

だがまぁしょうがねぇ。こいつも疲れてるだろうし、仕事を早く済ませてぇんだろ。

「悪《わり》ぃな、すぐ食い終わるから待ってくれ」

「え？」

「あぁ？　だから、俺が食い終わるの待ってんじゃねぇのか」

「いえ、そういうわけでは……」

「じゃぁなんだ？」

黙った。一体なんなんだこいつは。……まぁいいか、とりあえず飯だ。

俺は腹が減っていたのもあって、すぐに食べ終わった。

こっちの世界の飯は、少し塩っ気《け》が足りねぇ気がする。後、スープ用にコンソメを開発したほうがいいな。チビ共に相談すれば、すぐ作れるだろ。

「はぁ……」

で、こいつは俺を見て溜息か。なんなんだ、一体。……ちっ。仕方ねぇなぁ。

「おい、何か悩みでもあんのか？　俺でよければ聞いてやるぞ」

そう言ったのだが、リルリは黙ったままだ。でもさっきとは違って、こっちをじっと見ている。

そして目を逸らした。だったら見るなってんだ。

はぁ……よく分からねぇし、もういいか。俺は動かないリルリは放っておいて、チビ共を撫《な》でて遊んでることにした。少し休んで飯を食ったおかげで、気力が回復したからな。

チビ共と遊び始めて数分経った頃か、リルリは意を決したように口を開いた。

「話したいことがある」

「おう」

俺は、リルリの方を見る。よく分かんねぇけど、真剣な表情だ。

言うのをこれだけ躊躇《ためら》ったんだ、なんかあったんだろう。

「お前は、この後どうするつもりだ？　グレイス様は側《そば》に置こうとしているが……」

「そうはいかねぇだろうな。俺みたいのが近くにいて、いいことがあるわけがねぇ」

「……気づいていたのか」

まぁそりゃやな。俺だってそれくらいは考えてる。

つまりなんだ、リルリは俺を追い出したいわけだろう。

なら、最初からそう言えばいい。揉《も》める前にいなくなったほうがいいからな。

「その、だな。お前はそんなに悪い奴じゃないと僕は思ってる。今回のことでそう思った」

「おう、ありがとよ。俺もリルリは口が悪いだけの奴じゃねぇって、認識を改めたぜ」

一瞬、リルリは言葉に詰まったが、先を続けた。少しだけ言いにくそうにだけどな。

「……だからこそ、零のためにも城を出るべきだ」

「あぁ？　俺のため？　グス公のためじゃなくてか？」

なんだか妙な話になってきやがった。どういうことだ？

こいつは、俺がグス公の近くにいると良くないってことを言いたかったはずだ。

なのに、なんで俺のためになるんだ？

「この城は今、何かがおかしい。そしてお前は特殊だ。このままだと、間違いなく巻き込まれる」

「まぁ別の世界から来たくらいだからな。異常なのは確かだろ。解剖《かいぼう》でもされんのか？」

リルリは少し戸惑った後、俺に近づいてくる。そして、耳打ちをした。

「お前、精霊が見えるだろ」

その言葉は、俺にとって衝撃以外の何ものでもなかった。

……なんでだ？　どうしてこいつがそれを知ってる？

グス公に聞いたのか？　いや、だがあいつもなるべく話さないほうがいいって言ってた。

　なら、どうしてこいつが？

「そんなに驚くな。あんな誰もいないところに話しかけていたり、変な動きをしたりしていれば嫌でも気づくさ。気づかないのはアマリス様くらいのもんだ」

「あぁ、確かにそうか……」

　そりゃそうだよな。村に行ったときも、リザードマンって奴と戦ったときも、俺はチビ共とやりとりしてたからな。

　でもこいつは、気づいてて隠してくれていたんだろう。その心遣いが素直に嬉しかった。

　俺はリルリと同じように小声で話しかける。色々聞きたいことが出てきたからだ。

「で、それがどうして俺が城を出たほうがいい理由になるのか、聞いてもいいか？」

「……精霊解放軍は、恐らく城内にも潜んでる」

　リルリは落ち着いた声で、冷たくそう言い放った。

　だが、俺にとってその話はそこまで意外じゃなかった。

「まぁ、だろうな。じゃないと、グス公たちを追って黒い奴らが村に来るはずがねぇよな」

　俺の返しに、リルリは少し驚いたようだ。ったく、舐《な》めんじゃねぇって。俺だって、ちっとは頭使ってんだ。

「そう。その情報を掴《つか》めるほど、解放軍が中枢《ちゅうすう》に入り込んでいるということだ。そして、彼らにとってお前は喉から手が出るほど欲しい人材だ」

欲しい？ 俺のことを精霊解放軍が？ 精霊が見えるだけでか？

……いや、待てよ。そうか、精霊ってのは普通の奴には見えねぇ。つまりそれが見える俺が入れば、それだけ奴らは精霊と接しやすくなるってことか。

つまり俺のことがバレて捕まった場合、今以上にグス公たちにも危険が迫るってことだ。

そうなったときのことを、俺は考えた。出た答えは、非常に単純なものだった。

それは……嫌だな。

「……分かった。今すぐ出たほうがいいか？」

「いや、今日はゆっくり休んでくれ。誰が信用できるか分からない以上、僕が一人で手筈《てはず》を整えてお前を城から出す。たぶん早朝になると思う」

「おう。任せる」

ったくよぉ、ゆっくり休む暇もねぇのか。まぁ、仕方ねぇ。

……ん？ リルリはまた俺をじっと見ていた。なんだ？ 俺は仕方なく、リルリにまた耳打ちした。

「なんだ？ まだ用があるのか？」

「あ、いや。僕の言うことを信じると思っていなかったから……」

「アホ」

「アホ⁉」

俺は耳打ちをやめて普通に話すことにした。

こいつは、本当にアホだ。どうやら、つまらねぇことを考えてやがったみてぇだ。

「お前らを信じられなくなったら、俺は誰を信じるって言うんだ。それに、お前のグス公への気持ちっつうのか？　忠義《ちゅうぎ》っつうのかな。それは本物だろ。なら信じるさ」

俺の言葉にリルリは驚いていた。

正直、俺もこんなセリフが素直に出てきたことに驚いたけどな。

あんだけ元の世界では周りを疑っていたのに、今はこうして信じようとしてる。

変わった……ってことか？　でも、悪くねぇな。

まぁ、リルリにとってはそれで十分だったようだ。

「……本当は、グレイス様の希望通りにお前には残って欲しかった。お前は僕以外で、初めてのグレイス様の味方だったからな。……本当にすまない」

悲痛な顔っていうのは、こういうのを言うんだろう。

何となく励ましたくなって、俺はリルリの頭を撫《な》でてやった。

「気にすんな。俺もあいつを危険な目に遭《あ》わせたいわけじゃねぇ」

「頭を撫《な》でるな！」

「ぐほっ」

俺の腹には、思いっきりリルリの肘《ひじ》が入った。やべぇ、さっき食ったもんが逆流しそうだ。

リルリはそんな俺を気にせずに、さっさと食器を片づけて出て行った。

なんかちょっとだけ顔が赤かった。あのくらいの年頃は頭を撫《な》でられただけで恥ずかしいもんなんだろう。俺を撫《な》でようって奴はいなかったから、想像でしかねぇけど。

そして、そんな俺の頭や背中とかを撫《な》でてくれているのはチビ共だった。こいつらが俺を撫《な》でる唯一の存在だな……。

とりあえず俺はそのまま部屋の灯りを消し、倒れ込むようにベッドに入った。

色々思うとこはある。だが、考えるのはやめた。

まぁなるようにしかならねぇよな。あ、でも地図は欲しいかもしれねぇ。


早朝、俺は身支度を整えてリルリを待っていた。まぁ、チビ共に起こしてもらったんだけどな。

「起きてるか？」

「うぉっ！」

背後から声をかけられて振り向けば、そこにはリルリがいた。こいつ、いつの間に⁉

「何を驚いているんだ」

そりゃいきなり声を掛けられれば焦るだろ。音もなく入って来やがった。

本当にこいつは何者なんだ。明らかに普通のメイドじゃねぇが……。

いや、でも俺はメイドなんて見たことねぇからな。もしかしたらこれが普通なのか？

「何ぼさっとしてんだ。時間がない、すぐ行くぞ」

「悪《わり》ぃ、行くか」

リルリは音もなく部屋を出る。俺もそれに続いて、なるべく静かに歩いた。

チビ共もなんか忍びっぽい動きをしている。いや、お前らは見えないんだから必要ねぇだろ……。

まぁともかく、俺らは城を抜けるべく進んだ。

朝早いこともあってか、城内には全然人がいない。というか、一人も見ない。

まぁ、さすがに城の見張りが誰もいないってことはないから、恐らく、リルリがしっかりと事前に人気《ひとけ》のないルートを調べてくれてたんだろう。

順調に進み、あっという間に城門前に辿り着いた。問題はここだ。

「おい、どうすんだ？」

「大丈夫だ。使用人用の通用口から出られるように手筈《てはず》を整えてある。昨日の夜、メイド長から鍵を借りて、他の使用人も近づかないようにしておいた」

準備万端じゃねぇか。きっと、うまいこと誤魔化してくれたんだな。

実際、その通用口には人影もなく、あっさり城から脱出することに成功した。

町の中を進みながら、何となく城を振り返る。

グス公には、挨拶くらいして行きたかったな。

……でも、そうしたらあいつはきっと俺のことを心配するだろうし、引き止めるかもしれねぇ。これで良かったんだ。

城を見るのをやめ、前に向き直って歩き続ける。

俺はとりあえず一安心かと思ったんだが、リルリは油断なく周囲を警戒しながら先行していた。

その姿を見て、俺も気を引き締め直して後に続く。

町の中を抜け、俺たちが辿り着いたのは南門。俺が最初にグス公と王都に辿り着いた場所だった。

「南から王都に入ったって聞いたから、とりあえずここに来た。それとこれは、今後色々と必要になるものだ」

そう言って、リルリは袋を渡してきた。本当に用意がいいな、こいつ。

俺は感心して見ていたんだが、なぜかリルリは俯《うつむ》いちまった。

「……それと、僕は零を追い出すみたいなことをしているな。ごめん」

あぁなんだ。んなこと気にしてやがったのか。

最初の可愛げのない態度はどこにいったんだってくらい、こいつも変わったもんだ。

「気にすんな。俺も納得の上だ。お前らに迷惑をかけんのも、モルモットにされんのも勘弁だしな」

「……それでも、な」

俺はリルリの頭を撫《な》でた。昨日とは違って、今度はくすぐったそうにしてるが、嫌がらなかった。

さて、とりあえずここへ来るまでに通った町に行ってみるか。

「じゃぁな」

「あぁ、くれぐれも精霊解放軍には気をつけてな。また……いや、なんでもない」

リルリは何かを言いかけたが、すぐに顔を背けて少し恥ずかしそうにした。

何を言いたかったのかは分かる。だから、代わりに俺が明るく言ってやることにする。

「はっ。またな、リルリ」

「あ……。うん、またな！」

リルリに手を振って別れ、俺は王都を出発した。

とりあえずはエルジジィのところに行くか。確か、カーラトとかって名前の町だったかな？

で、町で色々調べて……精霊の森にも一度行っておきてぇな。

まず気になるのは、精霊のこと。黒い石のこと。精霊解放軍とかって奴のこと。……後は、この世界のことや、自分のことも考えねぇとだな。

精霊解放軍って奴らに関わるのは危険なのかもしれねぇ。でも俺は、黒い石を見たときのチビ共の悲しそうな顔を忘れられねぇ。俺はずっとチビ共に助けられてきたから、力になりてぇんだ。

それに精霊解放軍のことを調べるのは、グス公やアマ公、リルリのためにもなるんじゃねぇかって少し思う。

——空を見上げると、日がしっかりと昇り始めていた。

「大分明るくなってきたな。いい天気になりそうじゃねぇか」

そういや、リルリにもらった袋には何が入ってんだ？

俺は立ち止まって、荷物を調べておこうと思った。

中に入ってたのは、まぁ金だ。そのうち耳をそろえて返してやらないとな。

後は水とか食料とかだ。……お、地図もあるじゃねぇか！　これを見てるだけで、暇つぶしができそうだ。

さて、いつまでもここでもたもたもしてられねぇ。

俺は顔を上げ、たった数日前に通ったはずの街道を懐かしく思いながら見渡した。

そして心新《あら》たに鉄パイプを握りしめて、チビ共を見る。

一人じゃねぇ、それだけで心強いもんだ。

俺は、チビの頭を軽く撫《な》でた。全員撫《な》でてたら出発できねぇからな。何人かだけで終わりにする。

不満そうに口を膨らませてる奴がいるが、そいつらは道中にでも撫《な》でてやればいいだろう。

「おっしゃ！　それじゃぁ行くか！」

とりあえず目指す先はカーラトとかって町。そんで、チビ共と出会った精霊の森だ！

俺が右腕を上げると、チビ共も合わせて腕を上げた。

あとがき

どうも皆様。文庫版の読者の方は初めまして。近頃、運動をサボっている黒井へいほです。単行本『ヤンキーは異世界で精霊に愛されます。』シリーズが完結してから早二百年。皆様は、どうお過ごしでしょうか？

……え？　二百年も経ってない？

ちょっと盛りたかっただけです、ごめんなさい（反省はしていない）。

ということで、まさかの文庫版を発売してしまいました！　人生初の文庫です！　書籍化で驚き、コミカライズ化でまた驚き、さらに文庫化です。単行本では、あとがきが無かったため、少し（いや、かなり）テンションが高くなっております。

それでは、単行本の執筆時を思い出しながら書いていきたいと思います！

周囲に誤解されている目付きが恐ろしく悪いヤンキーと、小さくて可愛い精霊さん。

この二つを組み合わせて物語を書いたら面白いんじゃないかな⁉　という安易な発想から本作は生まれました。

精霊さんや色んな人を助けながら主人公を成長させよう。構想段階では、そんなことを漠然《ばくぜん》と考えていましたが、形になったのはかなり時間が経ってからでした。紆余曲折《うよきょくせつ》の末、最終的にはある程度まとまった形になり、今では自分でも大好きな作品となりました。月に一度更新される、佐々木あかね先生の漫画版が楽しみで、毎回読んではニヤニヤしています！

……おっと、紙数が許すなら、あと百万字くらい書きたいのですが、限界なのでそろそろ締めますね。残念無念でござる。

最後に、この本に関わってくださった皆様、イラストレーターのやまかわ先生、漫画を担当していただいている佐々木あかね先生、そして読者の皆様に多大な感謝を申し上げます。原作は完結しておりますが、まだまだ文庫と漫画は続きます。

是非、次の巻も楽しんでいただければ幸いです。

二〇一八年八月　黒井へいほ

ネットで話題沸騰！
アルファポリスWeb漫画
面白い漫画が毎週読める!!
アルファポリスCOMICS
ゲート GATE
自衛隊 彼の地にて、斯く戦えり
原作：柳内たくみ
漫画：竿尾悟
原作：秋川滝美
漫画：しわすだ
居酒屋ぼったくり
異世界ゆるり紀行 ～子育てしながら冒険者します～
原作 水無月静流 漫画 みずなともみ
原作 蛍石 漫画 彩乃浦助
じい様が行く
An Oldman in Counterworld.
原作 犬社護 漫画 桐沢十三
元構造解析研究者の異世界冒険譚
人気連載陣
● THE NEW GATE
● 月が導く異世界道中
● のんびりVRMMO記
● 最強の職業は勇者でも賢者でもなく鑑定士（仮）らしいですよ?
● 異世界に飛ばされたおっさんは何処へ行く?
● 素材採取家の異世界旅行記
● 転生王子はダラけたい
and more...
原作 椎名ほわほわ
漫画 六堂秀哉
とあるおっさんのVRMMO活動記
漫画：小早川ハルヨシ
Re:MONSTER リ・モンスター
選りすぐりのWeb漫画が無料で読み放題!
今すぐアクセス!
アルファポリス 漫画
検索
アルファポリスアプリ
スマホでも漫画が読める!
App Store/Google play でダウンロード!

アルファライト文庫

本書は、2016年2月当社より単行本として
刊行されたものを文庫化したものです。

ヤンキーは異世界《いせかい》で精霊《せいれい》に愛《あい》されます。1

黒井へいほ（くろい へいほ）

2018年 9月 21日初版発行

文庫編集－中野大樹／篠木歩／太田鉄平
編集長－塙綾子
発行者－梶本雄介
発行所－株式会社アルファポリス
〒150-6005東京都渋谷区恵比寿4-20-3恵比寿ガーデンプレイスタワー5F
TEL 03-6277-1601（営業） 03-6277-1602（編集）
URL http://www.alphapolis.co.jp/
発売元－株式会社星雲社
〒112-0005東京都文京区水道1-3-30
TEL 03-3868-3275
装丁・本文イラストーやまかわ
文庫デザイン―AFTERGLOW
（レーベルフォーマットデザインーansyyqdesign）
印刷－株式会社暁印刷

価格はカバーに表示されてあります。
落丁乱丁の場合はアルファポリスまでご連絡ください。
送料は小社負担でお取り替えします。

ISBN978-4-434-24985-3 C0193